신일룡 新무협 판타지 소설

FANTASTIC ORIENTAL HEROES

풍신유사 4

신일룡 新무협 판타지 소설

초판 1쇄 찍은 날 § 2009년 7월 22일
초판 1쇄 펴낸 날 § 2009년 7월 28일

지은이 § 신일룡
펴낸이 § 서경석

편집장 § 문혜영
편집책임 § 문정흠
편집 § 주소영

펴낸곳 § 도서출판 청어람
등록번호 § 제1081-1-89호
등록일자 § 1999. 5. 31
어람번호 § 제2-1786호

주소 § 경기도 부천시 원미구 심곡2동 163-2 서경B/D 3F (우) 420-822
전화 § 032-656-4452팩스 § 032-656-4453
http://www.chungeoram.com
E-mail § eoram99@chollian.net

ISBN 978-89-251-1878-9 04810
ISBN 978-89-251-1622-8 (세트)

4

FANTASTIC ORIENTAL HEROES

신일룡 新무협 판타지 소설

흔돈(混沌)

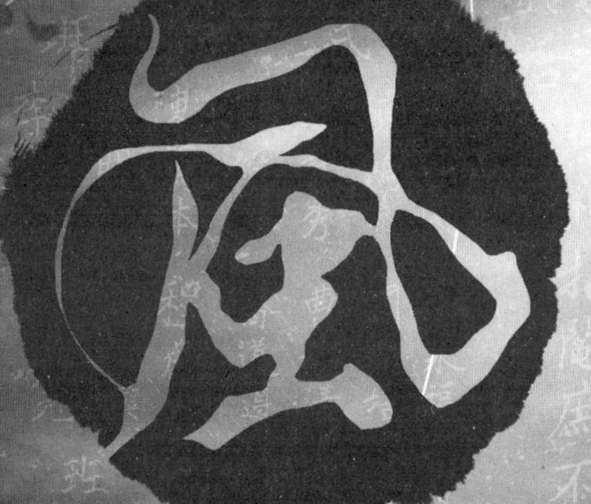

바람에 미쳐
바람이 된 자

풍신유사

도서출판 청람

目次

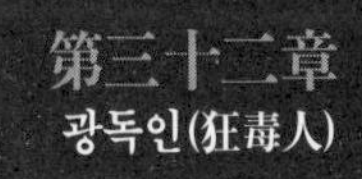

第三十二章
광독인(狂毒人)

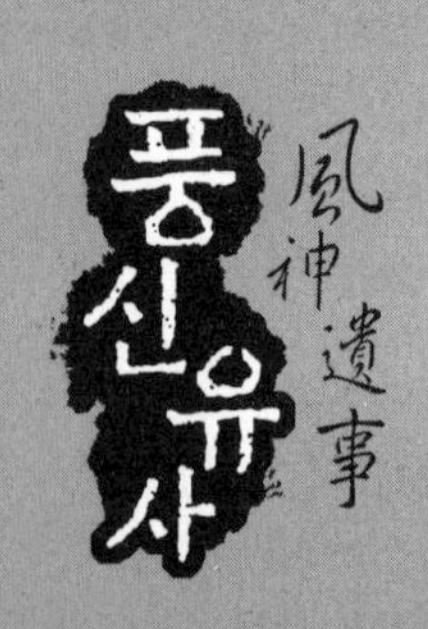
풍신유사
風神遺事

기관 안으로 들어선 당하연은 한동안 움직이지 않고 주위를 둘러보았다.

양쪽 벽면과 천장, 그리고 바닥 모두를 차례로 세세하게 살폈다.

그렇게 바닥을 면밀히 관찰하던 그녀의 눈에 무언가가 들어왔다.

'틈……?'

바닥에 깔린 석판의 연결 부위가 어딘가 모르게 부자연스러웠다.

그것은 눈으로 확인하기 어려울 정도로 미세한 틈이었다.

선불리 움직이지 않고 꼼꼼히 살폈기에 발견할 수 있었지, 웬만한 사람이라면 신경도 쓰지 못할 부분이었다.

'석판 아래 분명 무언가가 있어. 그렇다면…….'

바닥에 설치된 기관은 크게 둘 중 하나였다. 침입자를 바닥 아래로 추락시키는 기관과 다른 연결된 기관의 발동 조건이 되는 기관.

당하연은 다시금 바닥 전체를 면밀히 관찰했다.

결국 어느 한 부분만이 아니라 암도를 따라 놓인 석판 전체에 그러한 틈이 있음을 알 수 있었다.

그것을 확인한 당하연은 둘 중 후자임을 확신했다.

석판에 발을 딛는 동시에 기관은 발동될 것이다. 하지만 바닥에서 발을 떼지만 않으면 기관은 더 이상 작동되지 않는다.

그녀는 예전에 서고에서 읽었던 당가 비전의 기관진식에 관한 서책 중 하나를 떠올렸다.

보보선풍쇄혼관(步步旋風碎魂關).

발을 바닥에서 떼는 순간 무수한 암기가 선풍처럼 온몸으로 날아들 것이다.

기관 파훼법을 하나하나 되새긴 그녀는 천천히 발을 움직였다.

석판에 오른발을 딛고 다시 왼발을 미끄러지듯 밀며 앞으로 내디뎠다. 그와 같은 방식으로 오른발과 왼발을 교대로 움직여 단 한순간도 양발이 석판에서 떨어지지 않게 하였다.

그렇게 십여 장을 걸어가자 커다란 철문이 모습을 드러냈다.

'여기서 좌로 삼 보, 그다음…….'

철문 앞에 이른 그녀는 걸음을 멈춘 뒤 그 자리에서 좌측으로 세 걸음 이동했다. 그리곤 망설임없이 그 자리에서 크게 발을 한 번 굴렀다.

쿵!

암도가 진동했고, 곧 육중한 철문이 움직이기 시작했다.

그그그그……!

철문은 아래로 열렸고 철문 안에서 강한 독향이 스며 나왔다.

'음!'

소매로 코와 입을 막은 당하연은 재빨리 품속에서 작은 환을 꺼내 입으로 가져갔다. 당가의 식솔이라면 누구나 소지하고 다니는 내독환(耐毒丸)이었다.

내독환을 삼킨 그녀는 조심스럽게 철문 안의 석실로 걸음을 옮겼다.

"너는……?"

석실 안에 있던 당의기가 그녀를 보고 놀란 표정이 되었다. 철문이 열려 당연히 당인효가 들어올 줄로만 알았는데 뜻밖에도 당하연이었던 것이다.

"어떻게 이곳에 들어왔느냐?"

그는 당하연을 경계하며 물었다. 가주인 당인효 말고는 이곳을 출입하는 자는 없어야 했던 것이다.

하지만 당하연은 그의 질문에는 관심도 없었다.

"아버지는 어디 계시죠?"

그녀는 사방을 두리번거리며 아버지 당정효를 찾았다.

"어찌 들어왔냐고 묻질 않느냐!"

당의기가 노기를 발하며 당하연의 앞을 막아섰다.

그러자 당하연이 그를 노려보며 말했다.

"지금 그게 중요한가요? 딸이 아비를 만나기 위해 온 것이 잘못이라도 되는 건가요?"

"이곳은 가주 외엔 누구도 들어와선 안 되는 곳이다. 허락 없이 왔다면 지금 당장 이곳에서 나가거라!"

"그럴 수 없어요! 저는 당장 아버지를 만나야겠어요!"

당하연은 완강하게 버텼다. 결코 물러설 기세가 아니었다.

이에 당의기의 얼굴이 차갑게 굳었다.

"나가지 않으면 가주의 명대로 너는 내 손에 죽어야만 한다. 그래도 버티겠느냐?"

사실 그는 원칙대로라면 당하연을 보자마자 손을 써서 죽여야 했다. 하지만 그는 그러지 않았다. 전대 가주인 당정효의 손에서 자란 당하연에 얽힌 사연을 잘 아는 까닭이다.

당하연의 말대로 딸이 아비를 찾아온 것을 억지로 막는 일은 꺼려질 수밖에 없었다.

그렇기에 그는 지금 당하연이 스스로 나갈 수 있는 기회를 주는 것이었다. 그렇게 하면 그는 이 일을 없던 것으로 여기고 당인효에게 보고도 하지 않을 심산이었다.

그러나 당하연은 그러한 그의 기대를 저버렸다.

"아버지를 만나게 해주세요. 그전엔 돌아갈 수 없어요."

"가주의 명이 아니라도 지금은 네 아비를 만날 수 없다. 그러니 당장 돌아가거라."

"왜죠? 도대체 아버지를 어떤 상태로 만들어놓았기에 만날 수 없다는 거죠?"

당하연의 얼굴은 불안과 분노로 잔뜩 상기되어 있었다.

아버지는 분명 이곳 어딘가에 몹쓸 모습으로 계실 것이다. 그것을 생각하니 마음이 절로 들끓는 듯하였다.

이곳에 오기까지는 당가가 꾸미는 계획을 막을 생각밖에 없었다. 하지만 막상 이곳에 와 아버지를 만날 생각을 하니, 그간 억눌려 있던 아버지를 향한 감정이 치밀어 오르고 있었다. 그녀 자신조차 모르고 있던 그런 감정이었다.

그러한 그녀의 감정을 읽은 당의기는 더 이상 안 되겠다고 생각하곤 미간을 접었다.

"계속 이런 식으로 나온다면 나도 더 이상은 네 사정을 봐줄 수가 없다."

그는 기세를 일으켜 당하연을 위협했다.

평생을 독과 함께 보냈지만, 그 또한 장로들 중 하나였다.

당하연이 그를 감당할 수 있을 리가 없다.

하지만 그럼에도 그녀는 물러서지 않았다.

어차피 이 정도의 장애는 각오했던 일이다. 짧은 순간 그녀는 당의기의 뒤로 보이는 석실 안을 빠르게 훑었다.

온갖 집기들과 재료들로 가득 찬 석실은 뭐가 뭔지 구분이 잘 되지 않을 정도였다.

그러던 중 그녀의 시선이 좌측 구석에 있는 커다란 무언가에 고정되었다. 상자 같기도 한 그것은 검은 덮개로 가려져 있는 상태였다.

'저거다!'

보자마자 감이 왔다.

그녀는 결단을 내렸다. 당의기와 상대할 마음은 전혀 없었다.

"네가 자초한 일이다. 내 손속이 매정하다 원망치 말거라."

당의기는 그녀가 자신의 위협에도 꿈쩍하지 않자 결국 손을 쓰기로 마음먹었다.

그는 일장을 뻗어 당하연의 가슴팍을 노렸다. 당가의 절기 중 하나인 삼양장(三陽掌)이었다.

하지만 그는 전력을 다하지 않고 적절히 힘을 조절했다. 진정으로 당하연을 죽일 마음은 없었던 것이다.

그의 의도는 당하연이 운신하지 못하도록 하는 것이었다.

당하연은 당의기가 공격을 감행하자 기다렸다는 듯이 즉각 생각하고 있던 것을 실행에 옮겼다.

스읏!

그녀의 신형이 돌연 휘청거리더니 당의기의 좌측으로 돌아 나갔다.

'음!'

설마 그녀가 몸을 빼낼 줄은 몰랐던 당의기는 흠칫하며 황급히 그녀의 앞을 막아섰다.

그런데 그때였다.

쐐액!

눈앞에서 예리한 뭔가가 날아왔다. 당하연의 손에서 빠져나온 것이었다.

'암기?!'

당의기의 표정이 일변했다.

설마 당하연이 같은 가솔을 상대로 암기를 날리리라고는 생각조차 하지 못한 그였다.

'더 이상 아량을 베풀 이유가 없구나!'

크게 노한 그였지만 일단 지척에서 날아온 암기를 피하는 게 우선이었다.

내뻗은 일장을 회수하고 재빨리 신형을 좌측으로 비틀었다.

싸늘한 파공성을 흘리며 암기가 귓전을 스쳐 지나갔다.

하지만 그 순간 그는 두 눈을 부릅뜰 수밖에 없었다. 자신이 암기를 피하는 틈을 타 당하연이 석실 안으로 뛰어들었던 것이다.

처음부터 그럴 작정이었을 것이다. 그것을 잠시 간과한 자신의 잘못이었다.

"멈춰라!"

그의 외침에 석실이 크게 울렸다. 그러나 당하연은 뒤도 돌아보지 않고 필사적으로 석실의 좌측 구석으로 내달렸다.

그녀가 향하는 곳을 확인한 당의기의 표정이 황망하게 변했다.

"안 된다! 멈춰라!"

위협이 아니었다. 그의 음성에서 느껴지는 것은 간절함이었다.

하지만 어느새 유리관 앞에 이른 당하연은 손을 뻗어 덮개를 잡으려 하고 있었다.

"절대 덮개를 걷어선 안 된다!"

당의기는 망설이지 않고 그녀를 향해 암기를 쏘아냈다.

쐐쇄색!

"아악!"

그가 쏘아낸 암기는 정확히 당하연의 오른쪽 어깨에 틀어박혔다.

당하연은 그 충격으로 비틀거렸지만, 당의기의 바람과 달리 덮개는 결국 걷히고야 말았다. 당하연이 기어이 덮개를 붙든 채 쓰러진 탓이었다.

"안 돼!"

절규하듯 외치는 당의기.

덮개는 절대 걷혀서는 안 되었다. 덮개는 빛을 가리기 위해 덮어놓은 것이었다.

지금 유리관 안으로 작은 빛이라도 스며들게 된다면…….

그때였다.

퍼엉! 콰악!

돌연 유리관이 터지며 그 안에 있던 검은 액체가 사방으로 터져 나오기 시작했다.

"흐읍! 결국……!"

당의기의 얼굴이 하얗게 질렸다.

이미 여덟 단계를 거쳐 독인의 몸은 완성된 상태였다.

구극독령술의 단계는 모두 아홉 단계.

이제 남은 한 단계만 거치면 스스로 이지(理智)를 조절할 수 있는 완벽한 독인이 탄생될 수 있었다.

마지막 단계는 독기로 뒤바뀐 전신의 모든 영역을 독인으로 하여금 적응케 하는 단계라 할 수 있었다. 이 단계를 무사히 마쳐야만 독인은 스스로를 제어할 수 있게 되는 것이다.

만일 마지막 단계가 잘못되기라도 하는 때엔 독인은 독인이로되, 온전한 정신을 갖추지 못한 광독인(狂毒人)이 탄생하게 된다.

보름이었다.

딱 보름만 더 지나면 시술은 완벽하게 성공할 수 있었다.

그런데 당하연이 쳐들어와 모든 것을 망쳐 놓고 만 것이다.

당의기는 망연한 표정으로 바닥에 넘실거리는 검은 액체를 바라봤다.

이미 유리관 안에 있던 그것은 모두 빠져나왔고, 이제 유리관이 있던 자리엔 한 구의 싸늘한 시신만이 누워 있었다.

깡마른 시신의 살가죽은 온통 옅은 회색빛이었고, 머리부터 발끝까지 털 하나 없이 매끈했다.

처업! 처업……!

당의기는 시신을 향해 조심스럽게 발길을 옮겼다.

시신, 당정효의 얼굴이 그의 눈에 들어왔다.

살짝 입을 벌린 채 눈을 감고 있는 당정효의 모습은 마치 갓 숨이 끊긴 사람처럼 보였다.

당의기는 시선을 돌려 바닥에 쓰러져 있는 당하연을 확인했다.

그녀는 정신을 잃었는지 미동조차 없었다. 몸 곳곳에 깨진 유리의 파편에 찔린 상처가 보였다.

하지만 당의기는 더 이상 그녀를 신경 쓸 정신이 없었다. 그에겐 독인의 상태가 가장 중요했다.

그의 시선이 다시 당정효에게로 향했을 때였다.

'아!'

당의기는 절로 두 눈을 부릅떴다.

당정효의 감겨 있던 눈이 뜨여져 있었다.

눈은 온통 회색빛이었고, 눈동자엔 불그스름한 빛이 언뜻 맴도는 듯했다.

그리고 곧,

스윽…….

천천히 일어나는 당정효의 신형.

당의기는 온갖 상념에 사로잡힌 채 그 모습을 바라봤다.

어쨌든 움직였다!

그렇다면 시술은 일단 성공한 셈이다.

하지만 진짜는 지금부터다. 과연 당정효가 스스로 독기를 통제할 수 있느냐의 문제가 남은 것이다.

상체를 일으켜 앉은 당정효는 그 상태로 다시 움직임을 멈췄다.

숨 막힐 듯한 침묵이 석실 안을 가득 채웠다.

잠시 후 석실의 벽면에 고정되어 있던 당정효의 붉은 눈동자가 움직이기 시작했다.

자신의 몸을 하나하나 살펴보는 그의 눈.

팔을 들어도 보고 손가락도 천천히 움직여 본다.

"으으……."

음울한 소리가 그의 입에서 새어 나왔다. 낮고도 작은 소리였지만 당의기는 듣는 순간 온몸이 조여드는 듯한 느낌을 받았다.

그는 마음을 가라앉히며 조심스럽게 입을 열었다.

"상가주(上家主), 나를 알아보시겠소?"

그가 묻자 당정효의 시선이 그를 향했다.

'으음!'

당정효의 눈과 마주친 당의기는 그대로 숨이 멎는 듯하였다.

어둠 속에서 번뜩이는 붉은 광채는 인간의 근본적인 공포심을 불러일으키기에 충분했다.

"으으……!"

또다시 괴음을 흘리며 당정효는 서서히 신형을 일으켰다.

그것을 보며 당의기는 자신도 모르게 주춤 뒤로 물러섰다.

'…말을 못하는 것인가?'

불안감이 엄습했다.

말을 하지 못한다는 것은 이지가 온전치 못하다는 반증이었다.

'그렇다면!'

가장 우려했던 일이 벌어질 수 있었다.

광독인!

자기 스스로는 물론, 어느 누구도 통제할 수 없는 존재.

그런 존재가 탄생된 것일 수도 있는 것이다.

이지가 없는 독인은 무차별적으로 살상을 일삼는 학살자와 다를 바가 없었다. 그야말로 살인 병기!

당의기는 절망적인 순간이 눈앞에 닥쳤음을 알았다.

당정효가 진정 광독인이라면 이제 모든 것은 끝났다.

광령문 등을 몰아내려는 당가의 염원이 물거품이 될 것은 물론이고, 당가의 안위 자체도 장담할 수 없는 상황이 될 터였다.

뿐만 아니라 강호, 아니, 세상 전체가 광독인에 의해 끔찍한 일을 겪게 될 것은 자명한 일.

'없애야 한다!'

당의기의 머릿속에 즉각 떠오른 생각은 바로 이것이었다.

아직 독인지체에 완전하게 적응이 되지 않은 지금 제거해야 한다.

이미 시술을 시작할 때부터 지금과 같은 상황이 올 것을 대비하여 방도를 마련해 놓고 있었다.

폭약!

석실 전체를 흔적도 없이 날려 버릴 양의 폭약이 준비되어 있는 것이다.

자신의 목숨을 잃는 것 따윈 생각할 가치도 없었다. 당정효가 광독인이라면 어차피 그의 손에 죽을 것이기 때문이다.

마음을 굳힌 그는 황급히 폭약이 있는 곳으로 몸을 날렸다.

하지만 그는 폭약을 터뜨릴 수 없었다.

폭약에 손을 대려는 순간 눈앞에 검은 인영이 나타났기 때문이다.

"으으……!"

"허억!"

귓전을 울리는 괴음에 고개를 들자 두 개의 붉은 광채가 보였다.

"이! 이렇게 빠를……! 우웁!"

하지만 그는 미처 말을 다 마칠 수 없었다. 당정효의 차가운 손이 그의 입을 덮어버린 것이었다.

치이익!

뒤덮인 입에서 돌연 연기가 피어올랐다. 그와 동시에 타는 내음이 석실 안에 서서히 퍼지기 시작했다.

"우우웁! 우우우우!"

눈알을 뒤집으며 격렬히 몸부림치는 당의기. 끔찍한 고통 중에도 그는 비명 한 번 내지를 수 없었다.

주룩!

끈적한 무언가가 턱을 타고 흘러내렸다.

얼굴은 서서히 흉측하게 짓이겨지고, 녹아내리는 살과 뼈를 따라 당정효의 손도 아래로 내려왔다.

이미 얼굴의 반은 형체가 사라졌고, 어느새 당정효의 손은 당의기의 숨통에 다다라 있었다.

당정효가 손을 움켜쥐자 당의기의 목은 그대로 진흙처럼

오그라들었고, 지지할 것이 없어진 당의기의 머리통은 결국 바닥으로 떨어졌다.

토악질이 날 듯한 노린내가 진동하는 가운데 당정효는 자신의 손을 눈앞으로 가져갔다.

거기엔 방금까지 당의기의 몸을 이루고 있던 살점들이 뚝뚝 흘러내리고 있었다.

그것을 본 그의 얼굴에 만족스런 표정이 떠올랐다.

신형을 돌린 그는 다시 유리관이 있던 쪽으로 천천히 걸어갔다.

쓰러져 있는 당하연의 앞에 이른 그는 손을 뻗어 그녀의 몸을 안아 올렸다.

암기가 박힌 당하연의 어깨에선 아직도 붉은 선혈이 흘러내리고 있었다.

그것을 바라보는 당정효의 두 눈에 떠오른 붉은빛이 흐릿해졌다.

"…으으."

나직한 괴음.

당정효는 당하연을 안은 채로 그녀의 어깨에 박힌 암기를 뽑아냈다.

순간 막혔던 관이 뚫리듯 뭉쳤던 피가 터져 나왔다.

즉각 혈을 점해 지혈하는 당정효.

파리해진 당하연의 얼굴을 대하는 그의 눈빛에 떠오른 것은 놀랍게도 슬픔이었다.

그는 조심스럽게 당하연을 품은 채 걸음을 옮겼다.

석실을 벗어난 그는 암도로 들어섰다.

그렇게 첫 번째 밟은 석판에서 발을 떼는 순간이었다.

그릉! 쐐쇠쇠쇠색!

둔중한 소음과 함께 무수한 암기들이 허공을 찢으며 그를 향해 쏘아져 왔다.

퍽! 퍼버버버퍽!

한 치의 오차도 없이 수천 개의 크고 작은 암기가 그의 전신에 틀어박혔다. 온몸에 암기를 박은 채 서 있는 그의 모습은 흡사 자위(刺蝟)를 보는 듯했다.

하지만 암기가 틀어박히는 순간 상체를 숙여 당하연을 보호한 그는 잠시 움찔했을 뿐, 그대로 계속해서 걸음을 옮겼다.

암기가 박힌 곳에선 검푸른 액체가 새어 나왔고, 곧 거기서 뜨거운 열기 같은 것이 피어올랐다.

치이이이익!

그와 동시에 몸에 박혀 있던 암기들이 하나둘씩 바닥으로 떨어져 내렸다.

그리고 놀랍게도 암기가 떨어져 나간 곳에 생긴 상처들이 서서히 아물기 시작한다.

암도를 다 빠져나가자 굳게 닫혀 있던 석문이 저절로 열렸다.

밖이 보이고 멀리서 소란스런 소리가 들려왔다.

당정효의 눈이 하늘을 향했을 때, 잔뜩 찌푸렸던 하늘에서 언뜻 달빛이 일렁였다.

순간, 당정효는 크게 입을 벌린 채 커다란 괴성을 내질렀다.

"끄워워워워……!"

파앙! 그그그그그!

전신에서 뿜어져 나온 기세에 지축이 흔들리고 대기가 요동친다.

달빛에 비친 그의 전신은 상흔 하나 없이 매끈하기만 했다.

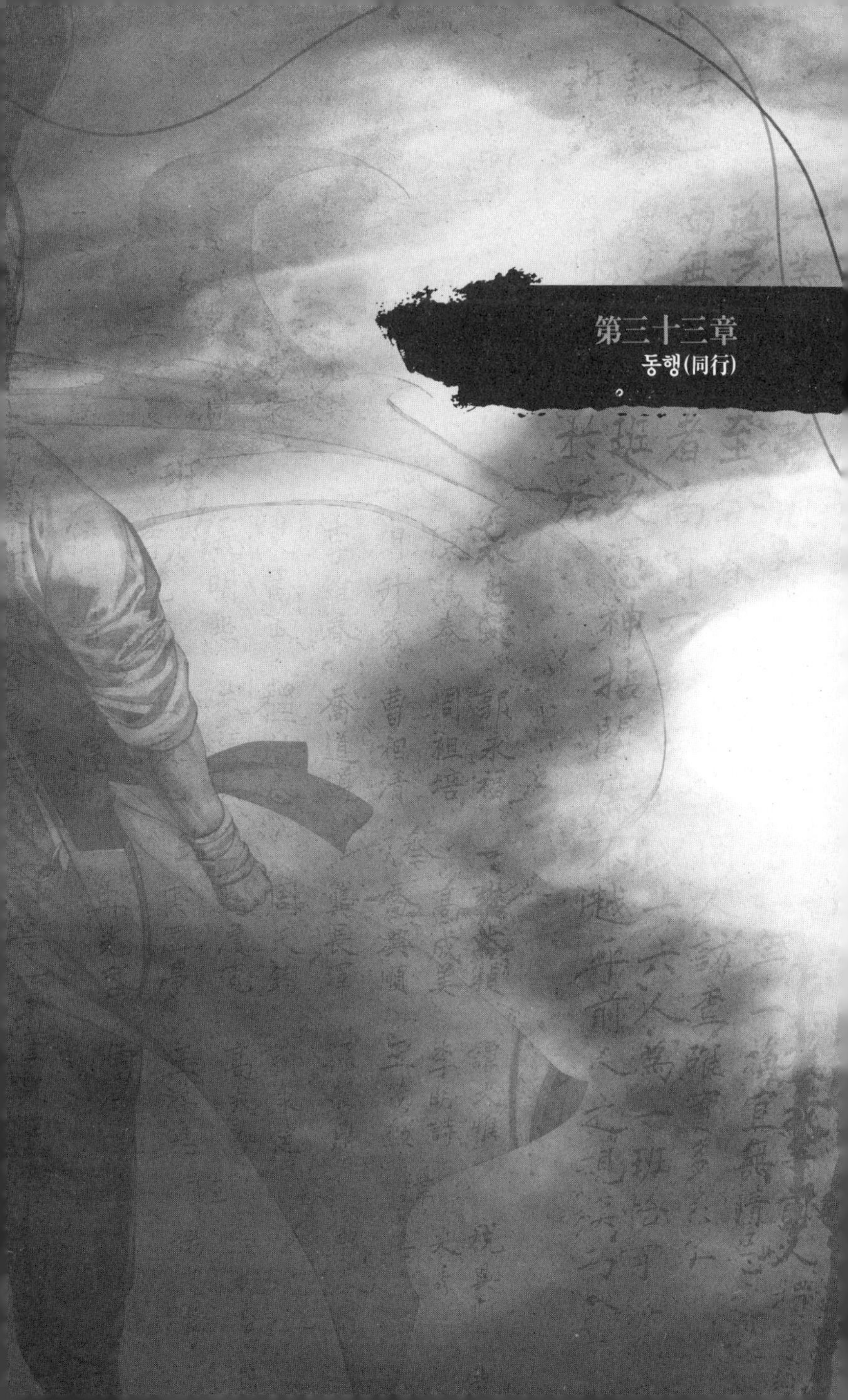

第三十三章
동행(同行)

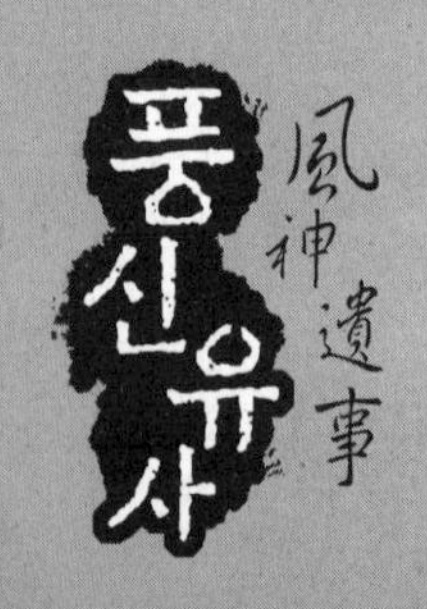
풍신유사
風神遺事

이월.

아직도 겨울은 그 위세를 떨치고 있었다.

하지만 운남의 온후함 앞에서는 늦겨울 추위조차 제대로 힘을 발휘하지 못했다.

운남의 중추라 할 수 있는 곤명(昆明) 안으로 두 기의 인마가 들어섰다.

말에 올라탄 이들은 일남일녀. 다름 아닌 관우와 진무영이었다.

태산을 출발한 두 사람은 한 달 만에 곤명에 당도했다.

곤명은 춘성(春城)이라 불리는 것만큼이나 사람들의 옷차

림이 가볍고 활기차 보였다.

여러 족속들과 각지에서 온 상인들로 성 전체가 떠들썩했다.

"하루쯤 여기서 푹 쉬는 게 좋겠어. 이제부터가 진짜 험난한 길이 될 테니까 말이야."

복잡한 대로를 지나며 진무영이 입을 열었다.

천축으로 가자면 운남과 서장을 거쳐야만 한다. 곤명까지는 관로가 뚫려 있지만, 여기서부터는 천축과 중원을 오가는 상인들이 다니는 길을 따라갈 수밖에 없다.

그런데 이 길이 만만치가 않았다. 높이가 수천 장에 이르는 고산 지대에는 험곡과 바람, 추위와 눈보라가 기다리고 있기 때문이다.

진무영의 말뜻을 이해한 관우는 고개를 끄덕이며 한곳을 가리켰다.

"저곳이 적당해 보이는군요."

하지만 진무영은 고개를 저었다.

"사람이 북적거려 편히 쉴 수가 없을 것 같은데? 여기보단 성 외곽 쪽이 좋겠어."

"그쪽에 있는 객잔들은 규모가 작은 것들뿐일 텐데, 괜찮으시겠습니까?"

"내가 마차를 두고 온 까닭을 모르겠어? 이번 여행은 말 그대로 아무것에도 구애받지 않는 자유로운 여행이야. 매번 그렇게 신경 쓸 필요는 없어."

미소 섞인 진무영의 대답에 관우는 더 이상 입을 열지 않고 묵묵히 대로변을 지나 한적한 곳으로 말 머리를 틀었다.

남쪽 성문 근처에 있는 작은 객잔에 여장을 푼 둘은 함께 앉아 식사를 했다.

처음엔 관우가 꺼려했으나, 격의를 따지지 말라는 진무영의 요구에 오는 내내 함께 식사를 하게 된 두 사람이다.

진무영은 이번 여행의 시작부터 여러모로 다른 모습을 보였다.

우선 차림새부터 평범한 무부들이 입는 옷을 걸쳤다.

또한 시종 관우를 향해 친근하게 말을 건네는가 하면, 수하를 대하듯 하는 일이 전혀 없었다.

게다가 장청원을 비롯하여 그 누구도 이번 여행에 대동하지 않았다. 장청원의 극렬한 반대가 있었지만, 끝내 자신의 뜻대로 밀어붙였던 것이다.

"이곳에서 멀지 않은 곳에 장 숙의 집이 있어. 어차피 지나는 길목에 있으니 한 번 들러보고 싶은데, 네 생각은 어때?"

식사를 마치고 차를 마시던 진무영이 문득 말했다.

"소문주께서 원하시는 대로 하십시오. 다만, 이미 시일이 지체되었다는 게 마음에 걸리는군요."

"왜, 그사이 무슨 일이라도 벌어질까 염려되는 건가?"

"어찌 됐든 자리를 오래 비우시는 것은 바람직하지 않습니다."

"후후, 걱정 마. 누구도 쉽게 움직이진 못할 테니까. 그냥 이번 여행은 마음 편하게 다녀오자고. 너는 무공을 완성하기 위한 즐거운 여행이고, 나는 복잡한 것들 모두 잊고 너와 함께 멋진 풍광을 즐길 수 있는 기분 좋은 여행이니까 말이야."

말은 그렇게 하지만, 관우는 진무영의 말을 믿지 않았다.

진무영은 자신을 감시하기 위해 따라나선 것이다.

처음 진무영이 함께 가겠다고 했을 때 관우는 당황하지 않을 수 없었다.

뇌음사에 다녀오는 것을 허락받더라도 감시는 어쩔 수 없으리라 예상은 했지만, 이렇게 진무영이 직접 따라나설 줄은 전혀 생각지 못한 것이다.

하지만 그렇다고 달라지는 것은 없었다. 뇌음사는 반드시 가야만 했으며, 그건 진무영이 따라나선다고 해서 바뀔 계획이 아니었다.

관우의 대꾸가 없자 진무영은 살짝 미간을 좁혔다.

"이봐, 도대체 언제까지 딱딱하게 굴 생각이지? 즐거운 여행을 위해 내가 이렇게나 애쓰고 있는데 말이야. 이제 그만 협조 좀 해줄 때도 되지 않았나?"

"……."

그러나 이번에도 관우는 즉각 대꾸를 하지 않았다. 아니, 이번엔 대꾸를 하지 않은 것이 아니라, 하지 못했다고 해야

했다.
진무영의 음성에 묘한 기분이 들었기 때문이다.
마치 떼를 쓰는 듯한 음성.
그것은 매우 생소하면서도 익숙한 기분이었다.
당하연과 함께 있을 때 종종 느낄 수 있었던…….
그런 와중에 진무영의 눈과 마주치자 입을 열기가 쉽지 않았다.
진무영은 여인이다.
그리고 자신에게 호감을 갖고 있다.
두 가지 사실을 알고 있기에 지금의 진무영의 음성과 눈빛이 예사롭지가 않았다.
지난 한 달 동안 미약하게 느껴오던 것이 지금 이 순간 매우 확연하게 느껴지고 있었다.
"내가 어떻게 하기를 바라십니까?"
"그걸 몰라서 묻는 건가?"
"모릅니다."
"훗! 좋아, 기왕에 말이 나왔으니 남은 여행 기간 동안 둘 사이에서 지켜야 할 규칙을 정하도록 하지."
"……."
"첫째, 지금부터 우린 친구니까 내게 완전히 말을 놓도록 해. 어차피 지금까지 깍듯한 존대를 하지도 않았으니 어렵진 않을 거야."

"그래야 할 이유가 무엇입니까?"

"말했지 않나? 즐거운 여행을 위해서라고."

진무영은 관우를 향해 한차례 미소 짓더니만 말을 이었다.

"으음, 호칭은 그냥 편하게 이름을 부르도록 하지. 어떤가, 우?"

관우는 잠시 진무영을 응시하더니 곧 입을 떼었다.

"나야 손해 볼 것이 없는 규칙이군."

"그래! 바로 그거야. 그런 식으로 대꾸해 달라고. 그래야 서로가 즐겁지 않겠어? 자, 그리고 두 번째는 앞으로 이동할 때 하루에 한 번, 한 시진씩 서로를 업고 이동하는 거야."

관우는 의아한 눈빛으로 진무영을 바라봤다.

"그건 이해하기 힘든 규칙이군."

그러자 진무영은 고개를 저었다.

"그렇지 않아. 비록 우리가 지금 친구가 되었다지만, 친구로서의 감정이 즉각 생기는 것은 아니지. 그러니 서로를 업고 다니면서 보다 서로를 가까이 느낄 수 있는 계기를 만들자는 거야."

"서로를 업고 다니는 것이 우정을 키우는 방법이라는 데엔 동의하기 어렵군."

"흐음, 역시 그렇지? 한 시진으론 부족할 거야. 그럼 두 시진씩 업는 걸로 하지."

"……."

관우는 진무영이 이미 작정했음을 알았다. 자신이 더 거부하면 분명 보다 강하고 무거운 규칙을 들고 나올 것이 뻔했다.

"말은 버리는 건가?"

"당연하지. 사실 우리 둘에게 말은 오히려 답답하기만 하잖아?"

"좋아, 그럼 세 번째 규칙은 내가 정하도록 하지."

관우의 말에 진무영은 자못 흥미로운 표정을 지었다.

"기대되는걸?"

"앞으로 따라붙는 자들은 즉각 해결했으면 좋겠군."

진무영의 표정이 금세 실망스럽게 변했다.

"그 얘기였군. 굳이 그럴 필요가 있을까? 놈들이 먼저 손을 쓰고 들어오지 않는 이상 그냥 두는 것이 즐거운 여행을 위해선 좋을 듯한데?"

두 사람은 지금도 어디에선가 자신들을 감시하고 있을 몇몇을 두고 이야기하고 있었다.

그들은 분명 수령문과 지령문에서 보낸 자들일 것이다. 그들은 태산을 떠난 뒤부터 지금까지 줄곧 두 사람을 쫓았다.

하지만 감시만 할 뿐, 암습 따윈 없었다.

관우는 그 이유가 진무영 때문이라고 짐작했다. 광령문의 소문주는 저들로서는 섣불리 건드릴 수 없는 존재였다.

또한 은밀히 자신들을 따르는 또 다른 무리들도 그들로 하여금 더욱 움직일 수 없게 만드는 이유일 것이다. 또 다른 무리는 장청원이 보낸 광령문의 문도들일 가능성이 컸다. 장청원은 끝내 진무영의 명을 어기고 수하들을 딸려 보낸 것이다.

진무영이 이 모든 사실을 모를 리 없었다. 하지만 그녀는 모른 척했다. 여행의 흥을 깨고 싶지 않다는 게 그 이유였다.

그러나 관우는 모른 척하고 있을 수 없었다.

군무단을 위해서는 자신의 행방이 가능하면 다른 곳에 알려지지 않는 것이 좋았다. 관우는 다시 입을 열었다.

"네 즐거운 여행을 위해 내가 협조를 했으니, 너도 내 만족을 위해 협조를 해주는 것이 공평하지 않을까?"

"하하! 그렇게 해야만 만족을 한다면야 뭐, 들어주도록 하지. 그런데 말이야."

고개를 살짝 옆으로 틀며 관우를 흘겨보는 진무영.

"다 좋은데, 반말이 너무 자연스러운 거 아니야? 마치 기다렸다는 듯한 말투네?"

이에 관우는 무심하게 한마디를 던졌다.

"나는 단지 충실하게 협조를 하고 있을 뿐이지."

"훗, 좋은 태도야. 이제부터야말로 진정 즐거운 여행이 되겠어."

진무영은 관우를 향해 진한 미소를 지어 보였다.

이튿날 아침 객잔을 나와 성을 빠져나온 두 사람은 곤명을 뒤로하고 대리(大理)를 향해 이동했다.

곤명에서 대리까지는 고원 지대에 분포한 너른 초원을 가로지르는 길이었다. 멀리 보이는 고산 줄기들은 여전히 백설로 덮여 있었지만, 근방의 초원에는 언뜻언뜻 푸르름이 비치고 있었다.

"내가 그다지 무겁진 않으니 별로 힘들진 않을 거야."

관우의 등 뒤에 업힌 진무영은 주변의 풍광을 감상하며 입을 열었다.

규칙대로 진무영을 업은 지 반 시진째였지만, 진무영의 말대로 그는 가벼웠다.

키는 여느 사내들 못지않았지만, 타고난 근골은 어찌할 수가 없는 것이다.

관우는 묵묵히 신형을 날리고 있었지만, 진무영은 이를 가만두지 않았다.

"너무 빠른 거 아닌가? 경치를 제대로 감상할 수가 없잖아?"

"네가 너무 가벼워서 나도 모르게 걸음이 빨라졌나 보군."

"이런! 싱거운 농담이라니. 한데 계속 이렇게 달리기만 할 건가? 이러다간 오늘 내로 대리에 당도하겠는걸?"

"불만이면 지금이라도 내 등에서 내리면 되겠군."

"규칙을 없던 걸로 하자? 흐음, 결국 노린 게 이거였군! 그렇다면 절대 내릴 수 없지. 어차피 다음 차례는 나이니, 그때

어디 두고 보자고. 후후…….”

관우는 두고 보자는 말속에 담긴 진무영의 꿍꿍이를 알 수 있었다. 분명 진무영은 자신을 업은 채 느릿느릿 움직일 것이 뻔하다.

“두고 보든 뭘 하든 관계는 없지만, 일단 지금 세 번째 규칙을 실행에 옮기는 게 어떨까 싶은데?”

“놈들이 그렇게도 거슬리나?”

“어차피 해치울 거면 미룰 이유가 없지. 대신 좀 처리해 줬으면 좋겠지만, 그들도 그럴 생각이 없는 듯하니 우리가 나설 수밖에.”

관우의 말에 진무영은 피식 웃었다.

“그들이라면, 장 숙이 보낸 원사들을 말하는 건가? 그들이야 절대 움직일 리가 없지, 내 명이 떨어지기 전엔.”

이에 관우는 뭔가를 눈치챈 듯 말했다.

“그들에게 미리 지시를 내렸군?”

“당연하지. 어디까지나 이번 여행은 즐거워야 하니까. 괜한 행동으로 분위기가 깨지는 건 바라지 않거든.”

“날 감시하기 위해 따라나선 여행에 많은 의미를 부여하는 것 같군.”

“감시라… 그렇게 생각했나? 전혀 잘못 알고 있었군. 나는 너를 감시하려고 따라나선 것이 아닌데?”

“……?”

"나는 단지 여행을 하고 싶었을 뿐이야. 우, 너와 함께."
등 뒤에서 들려오는 진무영의 음성은 차분했다.
"왜지?"
관우의 물음에 잠시 침묵한 진무영이 대답했다.
"너를 살리기 위해서. 죽이기엔 아까운 친구니까."
"이번 여행에 내 목숨이 달려 있는 건가?"
"정확히 말하자면 내 손에 달려 있다고 해야겠지?"
"죽지 않을 방법은?"
진무영은 즉각 대답하지 않고 양팔을 뻗어 관우의 목덜미를 감아왔다.
"내 사람이 되는 거야. 가짜 말고, 진짜."
"……."
진무영의 체온을 느끼며 관우는 기묘한 기분에 휩싸였다.
'그랬군.'
관우는 내심 고개를 끄덕였다.
진무영의 말에는 거짓이 없어 보였다.
서로를 업는 것을 규칙으로 내걸 때부터 짐작은 했다.
노골적인 호감의 표시.
그건 여인이 사내에게 보이는 호감이었다.
관우는 한 치의 흐트러짐도 없이 입을 열었다.
"잊었나 보군. 우리의 관계는 조건부라는 걸. 우린 서로 필요에 따라 주종 관계를 맺었을 뿐이야. 그런 내게 무조건적인 충심을 바라는 건 억지스럽지 않은가?"

"훗, 필요라… 너는 그랬을지 모르지만 나는 단지 필요 때문에 너를 수하로 둔 것이 아니야. 사실 나 스스로 여러 가지를 포기해 가면서까지 강호인을 수하로 거둘 필요는 없지. 그럼에도 너를 수하로 거둔 것은 네가 마음에 들었기 때문이야."

"나를 잘 봐주었다니, 고마운 일이군. 하지만 내게 충심을 기대한다면 끝내 실망을 하게 될 거야."

"우, 역시 너는 너무 솔직해. 그건 자신감이 없으면 보일 수 없는 모습이지. 강함에 대한 자신감이 아니라, 자신이 내뱉은 말에 대한 결과가 무엇이든 감당할 수 있다는 자신감……. 그건 아무나 가질 수 없는 거야. 그래서 난 네가 마음에 들어. 그런 사내는 무척이나 드무니까."

귓가에서 들려오는 진무영의 음성은 매우 또렷했다.

너무 가까워 숨결마저 또렷이 느껴지고 있었다.

"네가 내게 충심을 다할 자가 아니란 것쯤은 나도 알고 있어. 하지만 내 사람이 되는 것에는 충실한 수하가 되는 것만 있는 것은 아니지. 나는 다른 방법으로 너를 내 사람으로 만들 생각이야."

'……!'

관우는 진무영의 몸이 자신의 등과 더욱 밀착되는 것을 느끼며 눈빛을 굳혔다.

"친구가 된 기념으로 내 비밀을 하나 알려주도록 하지. 나는 사실……."

"여인이었나?"

"훗, 눈치가 빠른걸? 정혼자를 품어봤기 때문인가?"

"왜 가벼운가 했더니, 그랬군."

"별로 놀라지 않는 것 같은데? 짐작하고 있었던 건가?"

"전혀. 다만, 네 정체가 여인이라고 해도 이상하게 여겨지지 않기 때문이겠지."

"그래? 그거 다행이군. 내 용모가 곱상하게 보였다는 뜻이니까 말이야. 어때? 나를 사내가 아닌 여인으로 대하는 기분이?"

"일단 조금 떨어져 줬으면 좋겠군."

관우의 말에 진무영은 밀착된 둘의 상태를 깨닫고 미소를 머금었다.

"그럴 순 없는데, 어쩌지? 많이 부담스러운가?"

"규칙을 새로 정해야겠군. 아무 까닭 없이 여인을 업을 수는 없지."

"그것도 안 되겠는데? 한 번 정한 규칙을 바꾸려면 바꿀 만한 이유가 있어야 하지 않을까?"

"함께 규칙을 정한 상대가 완전히 다른 사람이 되었으니 바꿀 만한 충분한 이유가 되는 것 같은데?"

"나는 규칙을 정할 때도 진무영, 지금도 진무영이야. 달라진 것이 없는데, 왜 다른 사람이 되었다고 하는지 모르겠군."

진무영은 시치미를 떼며 더욱 바짝 관우의 목덜미를 끌어안았다.

이에 관우는 쓴웃음을 머금었다.

자신을 여인이라고 스스로 밝힌 뒤부터 진무영은 보란 듯이 여인 행세를 하고 있었다. 관우에겐 진무영의 모든 말이 떼를 쓰는 것으로밖엔 들리지 않았다.

규칙을 바꾸겠다는 생각을 접은 관우는 혼잣말처럼 말했다.

"다른 방법이란 것이 이거로군."

진무영은 웃었다.

"꽤 괜찮은 방법이지 않나?"

"……."

관우는 대답하지 않았다.

많은 생각이 뇌리를 오고 갔다.

진무영이 여인이라는 것부터, 그리고 지금의 상황까지.

모든 것이 예상치 못한 것들이다.

덕분에 결정의 때가 순식간에 눈앞으로 다가오고 말았다.

이번 여행은 진무영의 말대로 자신의 목숨과 앞으로의 운명이 걸린 여행이었다.

이제 더 이상은 광령문에 머물 수 없으리라.

"대답을 안 하는군. 당하연, 그녀 때문인가?"

관우는 대답 대신 다른 말을 꺼냈다.

"무영, 네 바람처럼 이번 여행은 즐겁지 못할 거야."

관우의 말이 무엇을 뜻하는지 안 진무영은 고개를 저었다.

"벌써부터 단정 지을 필요는 없어. 네 마음속에 누가 있는지는 잘 알고 있지만, 적어도 지금 네게 업혀 있는 건 나잖아? 모든 것은 여행이 끝났을 때 결정이 되겠지. 그리고 나는 지금도 충분히 즐겁거든. 후후……."

관우가 진무영을 업고 이동한 지 두 시진이 지났다.

그때부터 둘의 이동 속도는 확연하게 줄었다. 관우의 예상대로 진무영이 서둘지 않았기 때문이다.

덕분에 관우는 자신이 업고 빨리 달릴 때와는 다르게 적잖은 불편함을 느껴야만 했다. 이동하는 내내 진무영이 쉬지 않고 말을 걸어왔기 때문이다.

그렇게 다시 두 시진이 흘렀고, 어느새 대리 근방에까지 이른 두 사람은 점점 높아지는 지형을 따라 빽빽한 숲으로 들어섰다.

수림 한가운데까지 신형을 날린 둘은 돌연 걸음을 멈춰 세웠다.

"좌측에 다섯, 뒤에 넷, 모두 아홉이야."

관우를 바라보며 진무영이 여유로운 표정으로 말했다.

"좌측에 있는 자들은 수령문, 뒤에 있는 자들은 지령문이로군."

관우의 말에 진무영은 놀란 얼굴이 되었다.

"기운까지 읽어내는 건가? 암곤 여섯을 해치웠다더니, 과연 그럴 만한 이유가 있었군."

은신하고자 작정한 암곤의 기운을 읽어내는 것은 쉽지 않다. 하지만 지금 보여준 관우의 감지력이라면 은신한 암곤을 찾아내어 해치울 수도 있으리란 생각이 들었다.

"하지만 이번에 우릴 따라나선 자들은 저번에 상대했던 자들과는 다를걸?"

"그렇겠지. 상대는 광령문의 소문주니까."

"자칫 한순간에 죽을 수도 있다는 걸 알아?"

"그럴 수도 있겠지."

"그걸 알면서도 굳이 직접 싸우려는 이유가 뭐지? 그냥 나한테 해결해 달라고 부탁하면 될 일을?"

"내 안위를 전적으로 여인에게 맡길 수만은 없지."

진무영은 소리 내어 웃었다.

"하하! 지금 그걸 농담이라고 한 건가? 싱거운 면이 있는걸?"

하지만 그렇게 말하면서도 그녀의 얼굴에선 미소가 떠나지 않아 일전을 앞두고 있는 사람의 표정이라 하기가 난감할 정도였다.

반면 관우는 묵묵히 저들의 움직임을 살폈다.

"내가 뒤를 맡지."

하지만 진무영은 관우의 말에 고개를 저었다.

"아니, 같이 움직여."

"……?"

까닭을 묻는 관우의 시선에 그녀가 말을 이었다.

"말했잖아, 한순간에 죽을 수도 있다고. 하루 만에 친구를 잃고 싶지는 않거든. 후후……."

말인즉, 곁에 있음으로 자신이 관우의 안위를 지켜주겠다는 뜻이었다.

관우는 조금 난감했다.

진무영과 따로 싸우려 했던 이유는 보다 자유롭게 섭풍술을 펼치기 위함이었다.

결국 이번 여행 중에 자신의 정체가 밝혀지긴 하겠지만, 아직은 아니었다. 아직 뇌음사에서 만유반야대선공을 얻지 못했기 때문이다.

하지만 함께 움직이겠다는 진무영의 말을 딱히 거절하기도 어려웠기에 어쩔 수 없이 관우는 그녀의 말대로 할 수밖에 없었다.

"두 쪽 모두 삼백 장 정도 떨어져 있는 것 같군. 어디를 먼저 칠까?"

"어느 한쪽을 치면 나머지 한쪽은 어떻게든 대처를 하게 될 거야."

“달아날 수도 있다는 건가? 뭐, 상관없잖아? 귀찮은 일을 덜게 되는 셈이니 오히려 바람직한 일이지.”

“그 반대일 수도 있지.”

“반대라면… 합공?”

진무영이 웃으며 대답했다.

“미안하지만 그럴 일은 없을 거야. 저들은 함께 먹이를 먹을 줄 모르는 자들이거든. 자, 뜸은 이만 들이고 시작해 볼까?”

먼저 신형을 날린 진무영. 그녀가 향하는 곳은 뒤쪽, 지령문의 인물들이 있는 곳이었다.

관우 또한 그녀의 뒤를 좇아 몸을 날렸다.

순식간에 백여 장을 가로지른 두 사람은 즉각 본격적인 행동에 들어갔다.

“유인, 압박. 둘 중 하나를 골라.”

“후자를 맡지.”

“들키지 않을 수 있겠어?”

“물론.”

“좋아. 하나 무리하진 마. 버겁다 싶으면 적당히 견제만 해 주라고.”

말이 끝남과 동시에 진무영의 신형은 투명한 광채가 되어 전방으로 쏘아져 나갔다.

그녀가 사라짐과 동시에 관우는 풍기를 개방하여 섭풍술

을 펼쳤다.

진무영이 유인하고 자신은 압박을 한다.

유인한다 함은 저들의 시선을 끈다는 것이고, 압박한다 함은 저들의 시선이 진무영에게 쏠린 틈을 타 저들의 행동반경을 좁힌다는 뜻이다.

저들은 멀찍이 떨어져 시종일관 은밀히 두 사람을 쫓고 있었다.

그런데 두 사람이 돌연 저들에게 달려든다면 저들은 몸을 숨기거나 피할 것이 자명했다. 바로 그런 일에 대처하기 위하여 한 명은 한 곳으로 저들을 유인하고 다른 한 명은 저들의 뒤를 쫓는 방도를 취한 것이다.

바람으로 전신을 감싼 관우는 즉각 진무영이 나아간 방향으로 움직이기 시작했다.

지령문도로 짐작되는 네 개의 기운이 진무영을 뒤쫓고 있는 것이 감지됐다.

진무영의 이동 속도가 빨라지자 그들의 속도 또한 무섭게 빨라졌다.

한줄기 바람이 그런 그들의 뒤쪽으로 불어나갔다.

그것은 매우 잔잔하고도 부드러웠다. 풍기를 운용하는 솜씨가 갈수록 능숙해지는 관우였다.

반 각이 채 지나지 않아 관우는 지령문도들로부터 이십여 장 뒤까지 따라붙는 것에 성공했다.

이젠 끊임없이 형체를 바꾸며 움직이는 그들의 모습을 확인할 수 있을 정도가 되었다.

그리고 바로 그 순간 관우는 돌연 섭풍술을 거뒀다. 자신의 위치를 진무영에게 알리기 위함이었다.

기대대로 곧 앞서 나아가던 진무영이 움직임을 멈추었다.

아울러 지령문도들 또한 갑작스런 관우의 출현에 황급히 신형을 멈추며 후방을 경계했다. 관우를 바라보는 그들의 얼굴은 경악과 당혹으로 가득 차 있었다.

그리고 또 하나의 인물, 진무영이 전방에서 다가오자 그들의 표정은 동시에 일그러졌다.

"당했구나!"

넷 중 어느 일인으로부터 건조한 한마디가 흘러나왔다.

적의를 입은 다른 삼 인과 달리 묵포를 걸친 그는 특이하게도 귀가 없었다. 단지 그 자리에 작은 구멍 두 개가 뚫려 있을 뿐이었다. 또한 그의 두 눈은 얇은 나무껍질과도 같은 것으로 뒤덮여 있었다.

"음장지인(陰藏地人), 그대가 직접 나를 쫓았던가?"

진무영이 묵포인을 알아보며 입을 열었다.

음장지인이란 말에 관우는 내심 놀라며 고개를 끄덕였다.

지령문엔 모든 암곤들을 통솔하는 세 명의 인물이 있는데, 그들을 가리켜 지인(地人)이라 했다. 음장지인은 바로 그들 삼 인 중 한 사람이었던 것이다.

묵포인, 음장지인은 진무영을 응시하며 말했다.

"지금껏 우리가 쫓는 것을 알면서도 손을 쓰지 않았던 것인가?"

"어리석은 질문이군. 설마 내가 모르고 있을 거라 여기고 있었나?"

"……!"

"이런! 그랬나 보군. 지문이 제법 힘을 키웠다고 생각했는데, 이제 보니 그런 것 같지도 않군그래."

빈정거리듯 말하는 진무영.

하지만 음장지인은 눈빛을 깊게 가라앉힐 뿐, 아무런 대꾸도 할 수 없었다.

진무영의 전신으로부터 서서히 밝은 광채가 뻗어 나오고 있었던 것이다.

광채의 범위는 음장지인과 나머지 삼 인이 서 있는 곳을 포함하여 반경 이십여 장을 아울렀다.

"사정이야 어떻든 즐거운 여행을 방해한 대가는 치러야만 하겠지?"

"그게 쉬울 거라 보는가?"

진무영의 위협에도 음장지인은 의외로 동요하지 않았다. 그는 오히려 지기를 일으키며 진무영으로부터 뿜어져 나오는 광기에 대항했다.

스스스슥……!

그의 온몸에서뿐만 아니라 주변의 땅에서도 무언가가 아지랑이처럼 스멀스멀 솟아오르기 시작했다. 그렇게 모습을 드러낸 그것은 그와 나머지 삼 인의 주위를 감싸고 있던 빛을 조금씩 몰아내고 있었다.

이를 보며 진무영은 특유의 진한 미소를 입가에 머금었다.

"놀랍군. 너 따위가 이 정도의 지기를 일으킬 수 있다니."

음장지인은 대꾸하지 않고 곁에 있는 삼 인을 향해 지시를 내렸다.

"곤적! 움직여라!"

그의 명령에 곤적 삼 인이 즉각 반응했다. 그들은 쏟아지는 빛살을 뚫고 진무영에게 접근했다.

토담이 무너지듯 그들의 신형이 동시에 땅으로 꺼졌다.

그리고 곧,

팟!

진무영이 서 있는 곳의 땅이 솟구치며 사라졌던 그들이 다시 모습을 드러냈다.

전면과 좌우에서 솟구친 그들은 그대로 진무영의 양팔과 다리를 각각 붙들었다.

상황이 그렇게 되는 동안에도 진무영은 아무런 반응이 없었다. 입가에 걸린 미소는 그대로였고, 두 눈은 여전히 음장지인을 응시하고 있었다.

그때였다.

그그그극…….

곤적 세 사람의 손이 닿은 곳에서부터 진무영의 몸이 급격히 굳어가기 시작했다. 마치 토우(土偶)처럼 진무영의 전신은 순식간에 흙으로 뒤덮여 버렸다.

'음?!'

이를 지켜본 관우는 내심 놀라며 고민했다.

자신이 손을 써야 하는지 쉽게 판단이 서지 않았다.

진무영이 음장지인 등을 향해 내뿜은 광파는 이전에 자신을 향해 내뿜었던 것과 비교하면 약한 수준이었다. 그렇기에 관우는 처음부터 진무영의 안위를 전혀 염려하지 않았다.

대신 관우의 관심은 멀리서 다가오고 있는 또 다른 기운들에 집중돼 있었다. 그들은 이곳에서의 소란을 알아챈 수령문의 인물들이었다.

우려대로 그들은 달아나지 않았다. 오히려 소란을 틈타 백 장 이내로 접근하기까지 했다.

그렇게 다가온 그들은 잠시 멈춰 있었다. 상황을 살핀 뒤 행동을 결정하려는 것이리라.

만일 그들이 이곳으로 뛰어든다면 일단 그들을 상대해야 할 자는 자신이었다. 그렇기에 관우는 진무영에게 신경을 쓰지 않았다.

그런데 지금 예상 외로 진무영이 곤적들에 의해 곤경에 빠진 듯하니 고민이 되지 않을 수 없는 것이다.

"부숴 버려라!"

진무영의 몸이 완전히 굳은 것을 확인한 음장지인이 다시 지시를 내렸다.

이에 곤적들이 일제히 손을 들어 진무영의 몸을 내려치려 했다.

이를 본 관우는 더 이상 망설이지 않고 신형을 날리려 했다.

하지만 결국 관우는 그 자리에서 움직이지 않았다.

곤적들이 진무영을 내려치지 못하고 오히려 주춤주춤 물러서고 있었던 것이다.

관우는 진무영을 뒤덮은 흙에서 뜨거운 열기가 피어오르고 있는 것을 보았다. 그것은 굳은 흙에 균열을 만들었고, 곧 그 틈에서 눈부신 광채가 새어 나오기 시작했다.

파앗!

"크윽!"

열기를 동반한 백광이 한순간에 온 사방을 집어삼켰다.

가까이 있던 곤적들은 그 자리에서 형체도 없이 녹아져 내렸고, 음장지인은 황급히 지기와 토벽으로 전신을 감쌌다. 관우 또한 열기와 광채에 대항하기 위하여 섭풍술을 펼쳐야만 했다.

잠시 후 광채가 사라지고 주변의 모습이 다시금 눈앞에 드러났다.

광채는 사라졌지만 열기는 여전히 남아 있었다.

진무영이 서 있던 곳에서부터 반경 십 장 안에 있는 모든 것이 녹아내렸고, 십 장 밖에 있는 초목 대부분도 불이 붙은 채 타들어가고 있었다.

진무영과 정확히 십 장 거리에 있던 음장지인은 묵포로 전신을 덮은 채 미동도 없이 서 있었다.

그가 펼쳤던 지기와 토벽은 깨끗하게 사라져 버렸고, 전신을 덮은 묵포마저 곳곳이 그을려 있었다.

"달아났군, 쥐새끼처럼."

진무영이 음장지인을 바라보며 낮게 중얼거릴 때였다.

사락……!

음장지인을 감싸고 있던 묵포가 힘없이 바닥에 떨어졌다. 하지만 놀랍게도 음장지인의 모습은 보이지가 않았다.

곧이어 진무영은 또 한 사람, 관우를 찾았다. 그러나 관우 역시 보이지 않는다.

대신 그녀는 백여 장 정도 떨어진 곳에서 다섯 개의 기운이 바쁘게 움직이기 시작한 것을 느낄 수 있었다.

그녀의 얼굴에 못마땅한 표정이 떠올랐다.

"내 말을 무시하고 결국 혼자 가셨군그래."

그녀는 잠시 고민했다.

달아난 음장지인을 쫓을 것인가, 아니면 관우를 도우러 갈 것인가?

"과연 어떻게 하는 것이 친구를 기쁘게 하는 일일까?"

스스로에게 질문을 던진 그녀는 곧 신형을 날렸다.

그녀가 향한 곳은 동쪽, 음장지인이 달아난 곳이었다.

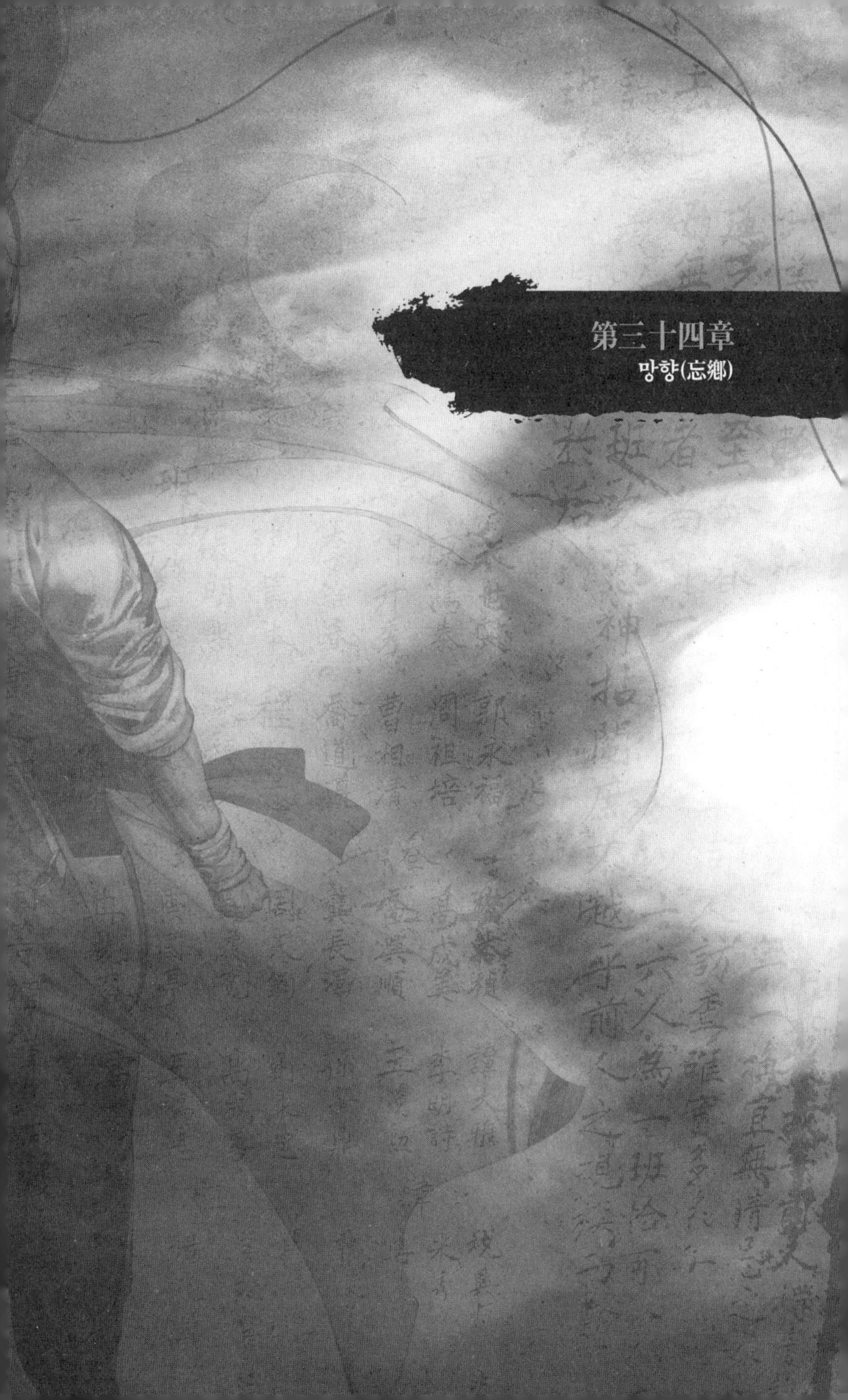

第三十四章
망향(忘鄕)

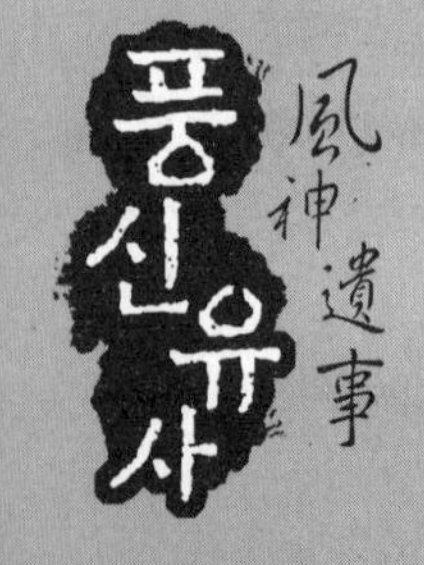
풍신유사
風神遺事

관우는 음장지인이 달아나는 것을 확인하는 것과 동시에 수령문도들이 있는 곳을 향해 신형을 날렸다. 수령문도들 역시 달아나려 했기 때문이다.

그들은 벌써 쾌속하게 멀어지고 있었다.

그들과의 처음 거리는 백 장.

관우는 전력을 다해 뒤를 쫓았다.

두 개의 섭풍술이 아닌 하나의 섭풍술만을 사용한 관우의 전신은 바람으로 화하여 순식간에 공간을 가로질렀다.

빠르게 거리를 좁힌 관우는 어느새 그들의 뒤에 바짝 붙어 그들을 살폈다.

예상대로 모두 다섯.

흑의를 입은 그들 가운데 일인은 전포를 연상시키는 갈색의 천을 두르고 있었다.

하나같이 무당에서 보았던 것과 같은 우람한 체구.

하지만 그때의 그들과는 느껴지는 기운이 조금 달랐다. 특히 가장 앞서 가는 갈포인의 전신에 어린 기운은 지금까지 보았던 그 누구의 것보다도 강했다.

'결코 음장지인보다 약하지 않다!'

저들 오 인에게선 열기가 느껴졌다.

탕랑의 낭도들이 틀림없었다.

관우가 거기까지 생각에 이르렀을 때였다. 갈포인이 슬쩍 뒤를 돌아보았다.

관우는 그가 자신이 있는 쪽을 향해 한동안 시선을 고정시키고 있자 놀라지 않을 수 없었다.

지금 자신은 바람으로 화한 상태라 저들이 알아볼 수 있을 리가 없었다. 또한 바람의 기운이 읽히는 것 또한 불가능했다.

그럼에도 이쪽으로 정확히 시선을 준다는 것은 뭔가를 알아차렸다는 뜻이었다.

비록 바람이지만 그냥 바람과는 다른 미세한 차이를 감지했다는 것이다.

관우의 생각대로였다.

어느 순간 그의 눈빛이 돌변했고, 그 즉시 그를 비롯한 나머지 사 인이 일제히 멈추어 섰다.

"어떤 놈이냐!"

웅혼한 음성이 숲을 떨어 울렸다.

관우는 그대로 멈춘 채 바짝 긴장하고 있는 그들 오 인을 한 명 한 명 차례대로 훑었다. 그리고는 각자의 위치와 거리, 행동반경을 빠르게 계산했다.

"광령문의 소문주와 함께 있던 군무단주란 놈이냐!"

지령문도들이 대개 무감정한 것에 비해 수령문도들은 대체적으로 무자비하고 잔혹하다. 그것은 그들의 술법 자체가 그러했기 때문이다.

갈포인에게서 흘러나오는 거친 말투와 음성이 그러한 특성을 잘 보여주고 있었다.

"숨어 있지 말고 당장 모습을 드러내라!"

마지막 경고와도 같은 그의 고성이 들려오자마자 관우는 움직였다.

휘릭……!

살랑거리며 바람이 불어나갔다.

바람은 가장 좌측에 서 있는 낭도를 향했다.

이윽고 세미한 공기의 파동을 느낀 갈포인이 다급히 외쳤다.

"피해라!"

순간,

낭도의 옷깃이 바람에 살짝 흔들거리는가 싶더니, 곧 그에게서 외마디 비명이 흘러나왔다.

"컥!"

꿰뚫린 목에서 선혈이 분수처럼 뿜어져 나왔다.

그가 목을 움켜쥐고 쓰러지는 순간 나타났다 사라진 새하얀 검신이 남은 사 인의 뇌리에 강렬하게 파고들었다.

"수막을 쳐라!"

아무것도 보이지 않는 곳.

하지만 그곳을 향해 그들은 일제히 양손을 뻗었다.

촤악!

뿌연 물안개와도 같은 것이 사 인의 손에서 동시에 뿜어져 나왔다.

그것은 곧 촘촘한 막이 되어 쓰러진 낭도의 주변을 감쌌다.

그러나,

"윽!"

검광이 번뜩이며 또 한 명의 낭도가 맥없이 앞으로 고꾸라졌다.

"으으……!"

갈포인의 입에서 신음인지 침음인지 모를 소리가 흘러나왔다.

보이지 않는 적…….

수막도 소용없다.

기운을 감지할 수도 없다.

'정녕 풍령문의 전인이란 말인가!'

갈포인은 총령에게서 하달받은 내용을 떠올리며 입술을 깨물었다.

풍령문의 전인이라면 어찌 광령문의 소문주와 함께 있을 수 있단 말인가!

도무지 납득할 수 없는 일이고, 있을 수도 없는 일이었다. 세상이 뒤집어지지 않는 이상은…….

그리고 납득할 수 없는 이유는 그뿐만이 아니다.

놈이 펼치고 있는 수법도 기이했다.

기본적으로 술법을 다루는 네 문파는 무기를 사용하지 않는다. 다만 종종 사물을 이용하여 술법을 펼칠 경우가 있을 뿐이었다.

그런데 놈은 굳이 마지막 순간에 검을 이용하여 공격을 감행했다. 보이지 않는 상태를 이용한다면 술법으로써 보다 손쉽게 자신들을 죽일 수 있음에도 말이다.

풍령문의 전인이 검을 사용한다는 것은 듣지도, 보지도 못한 일이었다.

바로 그것이 더욱 그를 혼란스럽게 했다.

하지만 지금 그에겐 상념에 빠져 있을 여유가 없었다.

이미 동료이자 수하 둘이 손 한 번 써보지 못한 채 어이없이 죽었다.

이제 과연 누구 차례인지 기다려야 하는 상황이 된 것이다.

그냥 넋 놓고 당할 수만은 없었다.

"떨어져 있지 말고 모두 한 곳으로 모여라!"

외침을 듣자마자 바짝 긴장하고 있던 남은 두 낭도가 갈포인이 서 있는 곳으로 몸을 날렸다.

서로 등을 맞댄 채 삼면을 경계하고 선 세 사람.

그들의 주위로 즉각 수막이 차올랐고, 그들 각자의 손엔 뜨거운 증기가 피어올랐다.

"뭐든 조금이라도 낌새가 느껴지면 전력을 다해 능수기를 펼쳐라!"

재차 지시를 내리는 갈포인.

주위는 일순간 적막에 휩싸였다. 팽팽한 긴장감이 그들의 전신을 지배했다. 그리고 거기엔 일말의 두려움이 섞여 있었다.

그 두려움은 즉각 뭔가가 나타나지 않자 더욱 커지기 시작했다.

깊고도 얕은 숨을 열 번 넘게 내쉴 때까지 무거운 고요가 주변을 짓눌렀다.

"꿀꺽!"

입이 타들어갔다. 목구멍을 넘어가는 것은 마른침뿐이다.

온몸이 차츰 땀으로 젖어가고, 긴장과 두려움은 극으로 치달았다.

견딜 수가 없다. 숨이 막힐 듯하다.

차라리 귀신을 상대하는 것이 나으리라!

갈포인은 자신의 심장 고동 소리가 점차 크게 들려오자 문득 불안함을 느꼈다.

이대로라면 능수기를 온전히 펼칠 수 없다.

아니나 다를까, 벌써 두 낭도가 펼친 수막에 미세한 균열이 일어나고 있었다.

—집중해라! 흐트러지는 순간 놈이 파고들 것이다!

갈포인은 감응을 통해 두 낭도를 다그쳤다.

그리고 바로 그때였다.

쉬릭……!

지척에서 미세한 파동이 느껴졌다.

이에 갈포인은 파동이 느껴진 곳을 향해 지체없이 능수기를 펼쳤다.

스스스으……!

지름이 일 척이 넘는 커다란 물줄기가 원을 그리며 쏘아져 나갔다.

하지만 그 순간 갈포인은 등 뒤에서 눈부신 백광이 번쩍이는 것을 보아야만 했다.

"끄윽!"

동시에 들려온 나직한 비명.

풀썩!

등에서 느껴지던 낭도들의 체온이 더 이상 느껴지지 않는다.

바닥에 널브러진 시신을 본 갈포인의 두 눈이 초점을 잃고 마구 흔들렸다.

"으아아아아!"

돌연 괴성을 내지르며 사방을 휘젓기 시작하는 갈포인.

이미 자제력을 잃은 그는 허공을 향해 뿌연 증기를 쉴 새 없이 뿌려댔다.

"으아아아! 나와라! 숨어만 있지 말고 나오란 말이다!"

한동안 계속된 그의 괴성과 폭주는 주변의 땅과 수목이 모두 마르고 뒤틀린 후에야 그쳤다.

"헉헉……!"

갈포인은 거친 숨을 토하며 양팔을 힘없이 늘어뜨렸다.

"다 끝났나?"

"……?!"

갑작스레 등 뒤에서 들려온 음성에 그는 전신을 잘게 떨었다.

천천히 신형을 돌린 갈포인과 시선이 마주치자 관우는 짧게 한마디를 내뱉었다.

"그럼 내가 끝낼 차례군."

푹!

비명은 없었다.

갈포인은 경악과 공포로 가득 찬 눈을 미처 감지 못한 채 바닥에 쓰러졌다.

"으음……!"

검을 거둔 관우는 한차례 휘청거렸다. 고통으로 일그러진 얼굴엔 굵은 땀방울이 가득 맺혀 있었다.

왼쪽 어깨와 팔이 온전치 못했다.

열기로 눌러 붙은 의복 사이로 벌겋게 익은 살이 보였다.

나머지 두 낭도를 공격하기 직전 갈포인이 쏜 물줄기에 당한 상처였다.

물줄기에 담긴 지독한 열기는 뼛속까지 침투하여 팔의 기능을 완전히 마비시켜 놓았다.

극심한 고통을 참아가며 끝내 갈포인을 해치우긴 했지만 그 대가가 적지 않았다.

과연 회복할 수 있을지가 문제였다. 또한 다행히 회복이 된다고 해도 온전히 기능을 회복하는 데엔 많은 시일이 필요할 것이다.

관우는 무거운 심정으로 갈포인에게 당한 왼쪽 팔을 살폈다.

"윽!"

살짝 손이 닿았음에도 엄청난 고통이 엄습했다.

즉각 무계심결을 운용하여 대정기를 전신에 휘돌렸다.

하지만 그 순간 관우는 자신도 모르게 비명을 내지르고야 말았다.

"아악!"

대정기가 상처 부위로 향하는 순간 어깨가 끊어질 듯한 통증이 느껴졌다. 게다가 왼쪽 팔로는 대정기의 흐름이 전혀 이어지지가 않았다. 열기로 인해 혈맥이 완전히 상했다는 뜻이었다.

'그렇다면 풍기도……?'

풍기마저 통하지 않는다면 왼쪽 팔의 회복은 요원한 일이 될 터이다.

관우는 왼쪽 팔로 풍기를 집중시키기 위해 섭풍술을 일으키려 했다. 하지만 관우는 그럴 수 없었다. 돌연 뒤쪽에서 기척이 들려왔기 때문이다.

"움직이지 말고 그대로 있어!"

진무영이었다.

달아난 음장지인을 해치운 그녀는 돌아오던 중 관우의 비명 소리를 듣고 전력을 다해 날아온 것이었다.

"능수기… 지독하게 당했군!"

한눈에 상세를 알아본 그녀는 즉각 관우를 근처에 있는 나무에 기대어 앉혔다.

그러고는 관우의 왼팔 위로 자신의 손을 가져갔다.

"조금은 고통이 가실 거야."

말이 끝남과 동시에 그녀의 손에서 불그스름한 광채가 뿜어져 나왔다.

우우웅……!

진무영은 관우의 팔에서 한 치 정도 거리를 두고 어깨부터 손까지 쓰다듬 듯 자신의 손을 움직였다.

그녀의 손이 지나간 자리마다 따스한 온기가 느껴졌다.

그리고 놀라운 일이 벌어졌다.

시간이 지날수록 견디기 힘들었던 고통이 차츰 잦아들기 시작한 것이다.

그렇게 반 각가량을 치유에 집중한 진무영은 이내 손을 거두며 관우와 시선을 맞추었다.

"어때?"

"말대로군. 확실히 나아졌어."

관우는 내심 놀라며 고개를 끄덕였다.

풍기에도 자연 치유력이 있다. 덕분에 상처를 입어도 범인보다 서너 배는 빨리 치유가 이루어진다.

그러나 치유력 면에서는 광령문을 따라갈 곳이 없었다.

순수한 빛은 만물을 소생케 하는 근원이다. 빛이 이르면 생명 있는 모든 것이 생육하고 번성한다.

이러한 빛의 기운을 지닌 광령문도들은 그것으로써 스스로는 물론이고, 남을 치유할 수 있는 뛰어난 능력을 소유할 수 있었다.

"아직 나아진 건 아니야. 말 그대로 통증만 누그러뜨린 수준이지. 꾸준한 치료가 필요해. 그러니 당분간 무리하지 않는 것이 좋겠어."

진무영은 자못 진지한 표정으로 관우에게 말했다.

자신을 걱정하는 그녀의 진심이 고스란히 전달되자 관우는 그냥 있을 수만은 없었다.

"고맙군. 이렇게까지 신경을 써주다니."

이에 진무영은 짐짓 사나운 눈초리로 대꾸했다.

"네 두 가지 잘못으로 이번 여행의 즐거움이 줄어들고 말았어."

"……?"

그게 무엇이냐고 묻는 듯한 관우의 시선에 그녀가 말을 이었다.

"첫째는 내 말을 듣지 않고 혼자서 수문의 녀석들을 상대하다가 결국 네가 부상을 입게 된 거야. 그리고 둘째는 부상을 입은 곳이 하필 팔이어서 더 이상 나를 업고 다닐 수 없게 되었다는 것이지."

관우는 피식 웃었다.

"그 말을 들으니 오히려 보다 나은 여행이 될 거란 생각이 드는군."

관우가 자신을 업고 다닐 일이 없어진 것을 좋게 여기고 있음을 안 그녀는 이번엔 살짝 미소를 머금으며 말했다.

"그래도 네가 다친 덕분에 내게 고마움을 느끼게 되었으니, 즐거움을 잃은 대가는 톡톡히 받은 셈이지."

"……."

관우는 대꾸하지 않았다. 그녀가 자신을 치료해 준 것에 대하여 일말의 고마움을 느낀 것은 사실이나, 그것이 그녀와 자신과의 거리를 좌우할 수 있는 것은 아니었다.

하지만 그러한 내심을 굳이 이야기할 필요는 없었다. 이미 그녀도 알고 있을 것이기 때문이다.

관우는 신형을 일으켜 한차례 주위를 돌아보았다. 이에 진무영도 관우를 따라 시선을 옮겼다.

"비록 팔은 다쳤지만 깔끔하게 해치웠군. 탕랑의 부랑주마저 해치우다니, 솔직히 놀라워."

탄성 섞인 그녀의 말에 관우는 되물었다.

"부랑주?"

관우의 눈은 쓰러져 있는 갈포인을 향했다.

'그렇군, 저자가 부랑주였군.'

수령문의 두 주력 조직 중 하나인 탕랑을 이끄는 위치에 있는 자였다.

그런 자를 해치웠다. 차츰 각 문의 중심에 있는 자들과 맞닥뜨리기 시작하는 관우였다.

"그런데 이번엔 정신을 잃지 않았군?"

진무영이 궁금하다는 듯 물어왔다.

"이들 정도는 거뜬하다는 뜻인가?"

"전에도 그랬지만, 이들은 아직까지도 날 상대로 방심을 하더군. 하여 이번에도 그 덕을 보았지."

"그저 운이 좋았다는 말인가? 운치고는 무섭도록 깔끔한 솜씨인걸? 모두 저항 한 번 못해보고 당한 듯한데 말이야."

진무영은 놀라움을 숨기지 않고 말을 이었다.

"하지만 다음번엔 이번처럼 혼자 움직이지 않는 게 좋을 거야. 만일 그때도 내 말을 무시하고 혼자 행동한다면 팔 하나로는 끝나지 않을 테니까."

"다음번? 저들이 또다시 우리를 뒤쫓을 거란 말인가?"

"그럼 고작 이 정도에서 그칠 줄로 안 거야? 훗, 그랬군. 그래서 기를 쓰고 이들을 해치우려 했던 것이군. 그럼 이젠 왜 내가 이들을 굳이 떨어뜨리려고 하지 않았는지 그 이유를 알았겠군."

"……."

관우는 침묵했다.

진무영의 말대로 다른 무리가 다시 뒤를 쫓는다면 그야말로 쓸데없는 일을 한 것과 마찬가지였다.

하지만 한 가지 의문이 들었다.

"어떻게 우릴 다시 쫓을 수 있는 것이지? 다시 사람을 보낸다고 해도 이미 거리가……."

진무영이 작게 고개를 저으며 관우의 말을 잘랐다.

"그건 네가 본 문과 저들 두 문파를 잘 모르기 때문에 드는 생각이야. 짐작하고 있는지는 모르겠지만, 지금 중원에 나와 있는 자들이 본 문이 가진 인원의 전부는 아니야. 그리고 그것은 수문과 지문도 마찬가지지."

물론 관우 역시 그 같은 사실을 잘 알고 있었다. 아직 세 문파의 문주들이 단 한 번도 모습을 드러낸 일이 없다는 것이 그 같은 사실을 뒷받침해 주는 결정적인 증거였다.

"그 말은 곧 어딘가에 또 다른 무리들이 존재하고, 그들을 통해 얼마든지 다른 행동을 취할 수도 있다는 뜻이지."

"저들의 근거지가 이곳에서 가까이 있다는 건가?"

"그건 나 역시 알 수가 없는 일이야. 각 문의 근거지는 서로에게도 알려지지 않았거든. 하지만 한 가지는 알고 있지, 본 문이 그렇듯 각 문의 근거지는 어느 특정한 한 곳이 아니라는 것을."

"으음……."

짧게 침음하는 관우를 향해 진무영은 한마디를 덧붙였다.

"유쾌하지 못한 소식을 하나 더 알려주자면, 이제부터 우리를 뒤쫓을 자들은 이번에 상대한 자들보다 배 이상 강한 자들일 거란 사실이야."

"……!"

"이제부터 목표는 내가 될 것이니까."

"그럼 지금까지는……?"

"궁금했겠지, 우리가 갑자기 서쪽으로 움직이는 까닭이 뭔지. 하지만 이젠 그건 중요하지 않게 되었어. 뒤쫓는 자들을 죽였다는 사실 자체가 우릴 살려두지 말아야 할 이유가 되었거든."

"네가 광령문의 소문주임에도 섣불리 그런 생각을 품을 거란 말인가?"

"그러니 더욱 나를 죽이려 하겠지. 좋은 기회거든. 지금 나와 함께 있는 건 관우 너 하나뿐이니까 말이야."

진무영은 특유의 미소를 띠며 관우를 응시했다.

이미 익숙해진 그녀의 미소였지만 이번만큼은 저 미소가 다르게 다가왔다.

"처음부터 그걸 다 짐작하고 있었음에도 이들을 해치우자는 내 말을 따라준 건가?"

"처음엔 나도 반대했잖아. 하지만 네가 자꾸만 조르니 나도 어쩔 수가 없었지. 후후……."

마치 어린아이의 떼에 못 이겨 두 손을 든 어미처럼 말하는 진무영을 앞에 두고도 관우는 웃을 수 없었다.

진무영은 자신이 더욱 큰 위험에 처할 줄 알면서도 자신의 뜻에 따라 이들을 제거했다.

아니, 이번 여행 자체가 처음부터 그녀에겐 위험했다. 그렇기에 장청원이 극구 반대를 했던 것이다.

'그렇다면 진정 전적으로 나를 자신의 사람으로 만들기 위해 이번 여행을 감행한 것이란 말인가?

지금껏 진무영의 말을 다 믿진 않았다. 물론 자신을 향한 그녀의 마음이 거짓이 아니라는 것 정도는 알고 있었지만, 그녀가 자신을 따라나선 것에는 자신을 감시하기 위한 의도도 섞여 있을 거라 여겼던 것이다.

하지만 지금 진무영의 말과 태도는 그것이 아니라고 말해주고 있었다.

그녀가 이번 여행에서 가진 목적은 단 하나, 바로 자신을 그녀의 사람으로 만드는 것이었다.

그러기 위해 그녀는 위험을 감수했다.

사실 지금 생각해 보면 자신을 감시하기 위해 굳이 그녀가 직접 나설 필요는 없었다. 얼마든지 다른 방법이 있는 것이다. 그러한 사실을 이제야 깨닫게 되는 관우였다.

일종의 벽이리라.

자신의 마음엔 무엇이라 확언할 수 없는 어떠한 벽이 진무영을 향해 놓여 있었다.

위탕복으로부터 그녀가 여인이며, 자신에게 연정을 품고 있다는 사실을 안 후부터 저절로 만들어진 일종의 방어선이었다.

그녀와는 절대로 인간적인 교감을 나눌 수 없고, 나누어서도 안 된다는 의지의 소산물이었던 것이다.

그리고 그 벽은 태산에서 진무영을 만난 뒤부터 더욱 공고

해졌다. 그 때문에 자신 앞에서 보이는 그녀의 모든 언행이 조금씩 뒤틀리게 받아들여졌으며, 이것이 자신의 판단마저 흐려지게 만들었음을 관우는 비로소 깨달았다.

'대체 왜……?'

관우는 문득 당황스러웠다.

도대체 무엇 때문에 그녀를 향한 벽이 더욱 공고해질 수밖에 없었던 것인가?

왜 자신은 의도적으로 그녀를 더욱 멀리하려 했던 것인가?

"그렇게 상심한 표정 지을 필요는 없어. 이제 확실히 편안한 여행은 물 건너간 듯하지만, 제법 흥미로운 여행은 될 것 같거든. 자, 그러니 어서 움직이자고. 본격적인 서역행에 오르기 전에 잠시 심신을 쉬게 해야 하니 말이야."

진무영은 관우를 재촉하며 먼저 걸음을 옮겼다.

하지만 그럼에도 관우는 쉽게 걸음을 옮길 수 없었다.

*　　*　　*

이튿날 대리 성내로 들어선 관우와 진무영은 그곳에서 하루를 보낸 뒤 동이 틀 무렵 성을 빠져나와 이해(耳海)로 향했다.

그런 와중에 관우는 진무영으로부터 수시로 부상당한 팔을 치료받았다.

과연 빛의 기운이 가진 치유력은 놀라워 이미 통증이 깨끗이 사라진 것은 물론이고, 벌겋게 익었던 살가죽마저 차츰 하얗게 변하여 벗겨지기 시작했다. 새살이 돋아나고 있다는 증거였다.

하지만 여전히 팔에는 아무런 감각이 없었다. 관우는 내심 염려했으나, 진무영은 아직 속단하긴 이르다며 꾸준히 치료를 하겠다고 선언했다.

천장 고지에 있는 바다와 같은 호수, 서편에 솟은 창산(蒼山)의 봉우리에서 내려다본 모양이 사람의 귀를 닮았다 하여 붙여진 이름, 이해(耳海).

넓게 펼쳐진 논에서 바라본 이해의 물결이 동편에서 떠오른 햇살을 머금고 금빛으로 물들었다.

조금 시선을 들면 창산의 줄기가 병풍처럼 이해를 두르며 내달렸고, 또 좀 더 시선을 들면 순백의 구름이 푸른 하늘을 뒤덮은 광경이 펼쳐졌다.

마치 푸른 종이 위에 황, 녹, 백, 삼색을 차례로 덧칠해 놓은 듯한 착각이 드는 곳.

관우는 중원에선 볼 수 없는 생소한 광경에 잠시 넋을 잃었다. 하지만 진무영의 얼굴에는 단순한 경탄과는 다른 감정이 떠올라 있었다.

"십삼 년 만이군."

"……?"

"이곳을 마지막으로 와봤던 게 열 살 즈음이었으니까."

그녀의 말에 관우는 작게 고개를 끄덕였다.

"이곳인가, 네가 들러보자고 한 곳이?"

"맞아. 바로 이곳이 장 숙의 집이 있는 곳이야. 어릴 적 아버지를 따라 수차례 장 숙의 집을 찾아갔지."

"태광원주는 광령문에서 함께 지내지 않았나 보군?"

관우의 질문에 진무영은 알 듯 모를 듯한 표정을 지어 보였다.

"장 숙은 뭐랄까… 좀 특별하다고 해야 하나? 비록 장 숙이 내 아버지를 주인으로 섬기고는 있지만, 아버지는 지금까지 단 한 번도 장 숙을 수하로서 대한 적이 없었지. 때문에 나 역시 장 숙이라 부르는 것이고."

"사연이 있나 보군."

관우는 짧게 한마디를 내뱉은 후 다시 시선을 이해의 물결 쪽으로 돌렸다.

이에 진무영은 짐짓 섭섭한 투로 말했다.

"궁금하지 않아, 무슨 사연인지? 물어보면 이야기해 줄 수도 있어."

"내게 말해줄 수 있는 거라면 굳이 궁금해할 필요가 없을 듯하군."

"이런… 기대한 대답 중 최악이로군. 자꾸 무뚝뚝하게 굴면 더욱 곤란해질 일이 많아질 거야. 이런 걸 아마 협박이라고 하지?"

"……."

관우가 입을 다물고 아무런 대꾸를 하지 않자 한차례 혀를 찬 그녀는 다른 곳으로 관우로 이끌었다.

"더는 못 봐주겠군. 따라와."

진무영이 먼저 발길을 옮기자 관우는 곧 말없이 그녀의 뒤를 따랐다.

이곳을 들르기로 이미 약속을 했으니 일단은 그녀가 하자는 대로 따를 수밖에 없었다.

앞서 가는 진무영의 뒷모습을 바라보는 관우의 심정은 복잡했다.

세상을 파괴하려는 무리.

그들을 이끄는 자 중 하나가 지금 눈앞에 있었다.

또한 구명의 은인, 관불귀를 죽인 자가 바로 저 여인이다.

막아야 할 자.

싸워야 할 자.

제거해야 할 자.

그런데 전처럼 마음이 들끓지 않는다. 겉으론 담담해도 속은 열화와 같이 항상 뜨거워야 하는데, 그렇지가 않다.

바로 그것이 관우를 당황스럽게 만들고 있었다. 많은 상념이 뇌리를 오갔으며, 결국 진무영을 당장 암습하여 제거한다는 극단적인 생각까지 하기에 이르렀다.

'으음…….'

관우는 내심 고개를 저으며 상념들을 몰아내려고 애썼다.

지금 자신은 절벽 위를 걷고 있었다. 한 발만 잘못 내딛어도 목숨을 잃는 그런 상황이었다.

판단과 행동 하나하나에 신중에 신중을 기해야만 한다.

그래야만 산다. 그래야만 사명을 완수할 수 있다.

"조금 속도를 내는 게 좋겠어. 다닐 곳이 좀 많거든."

슬쩍 뒤돌아 말한 진무영의 발걸음이 배 이상 빨라졌다.

이에 관우 역시 속도를 높여 그녀를 좇았다.

진무영이 관우를 이끌고 간 곳은 너른 논밭 한가운데 여러 가옥들이 모여 있는 촌락이었다.

생소한 모습의 집들과 주민들.

길에서 보이는 아낙들의 생김새와 행색은 중원인들과는 사뭇 다른 모습이었다.

그들은 관우와 진무영을 보자 놀란 표정으로 자기들끼리 이야기를 주고받았다. 하지만 무슨 말을 하는지 도통 알아들을 수가 없었다.

"백족(白族)이야. 이곳 대리의 터줏대감들이지."

계속해서 앞서 나가던 진무영이 설명하듯 입을 열었다.

"중원인들에 의해 나라가 멸망을 당했음에도 중원인들에게 반감을 가지고 있지 않은, 심성이 고운 족속들이지."

그녀의 말에 관우는 고개를 끄덕였다.

백족에 대해서는 관우도 들은 바가 있었다. 그들은 흰색을 좋아하여 스스로를 백족이라 부른다 하였다.

지금도 눈에 띄는 자들 모두가 흰옷을 기본적으로 걸치고 있었고, 가옥들의 색깔도 대부분 흰색으로 꾸며져 있었다.

'그렇다면 태광원주의 태생이 백족이란 말인가?'

관우가 잠시 생각하고 있는 와중에 진무영의 발걸음이 어느 한곳에 멈추었다.

시선을 옆으로 돌리니, 비교적 큰 건물이 제법 들어서 있는 가옥이 보였는데, 얼핏 봐도 이 마을 안에서 가장 큰 집임을 알 수 있었다.

"여기가 장 숙의 집이야. 들어가 볼까?"

진무영을 따라 정문 안으로 들어서자 외원에서 잡일을 보던 한 노인이 두 사람 앞으로 다가왔다.

노인이 두 사람을 향해 역시 알 수 없는 백족어로 말하자 진무영은 옅은 미소를 머금으며 노인에게 유창한 백족어로 대꾸하였다.

그러자 노인은 휘둥그레진 눈으로 진무영의 이곳저곳을 훑어보기 시작했다. 그리고 곧 그의 입에서 흘러나온 것은 놀랍게도 어색함이 없는 한어였다.

"진정 소저가 그 꼬마 아가씨란 말씀입니까?"

"맞아요. 이 집도 그렇고, 단 할아버지는 예전이랑 달라진 것이 하나도 없어 보이네요."

"허허! 노복을 알아보는 것을 보니 맞는가 보구려. 이렇게 다시 보게 되다니 반갑기가 그지없소."

진무영의 손을 맞잡은 노인의 얼굴엔 푸근한 미소가 떠올랐다.

"아차! 이럴 때가 아니지. 일단 안으로 드시오. 내 주인마님께 소저가 왔음을 고하고 올 테니. 한데……."

노인의 시선이 그제야 진무영의 뒤에 서 있는 관우를 향했다.

이에 진무영이 미소 띤 표정으로 입을 열었다.

"제 친구예요. 함께 여행 중이죠."

"아! 소저와 함께 여행 중인 친구라면 보통 분이 아니겠군요. 자, 함께 안으로 드시지요."

노인은 관우를 향해서도 허리를 굽히고는 길을 안내했다.

외원 한 켠에 있는 객실로 안내받은 두 사람은 짐을 풀고 노인이 돌아오길 잠시 기다렸다.

"어때, 이곳?"

"좋은 곳인 듯하군."

관우는 느낀 그대로 대답했다.

좋은 풍광, 밝고 좋은 사람들.

이곳에 와서 받은 느낌은 바로 그것이었다. 굳이 다른 표현을 빌릴 필요가 없었다.

"그렇지? 그래서 나 역시 꼭 한 번 다시 와보고 싶었어. 본래는 모든 일이 마무리되면 찾아볼까 했는데, 네 덕분에 여행을 핑계 삼아 오게 되니 더욱 감회가 새로워."

진무영은 개방된 문들을 통해 보이는 집 안 곳곳을 하나하나 살피며 말을 이었다.

"이렇게 다시 와서 보니 흐릿했던 기억들이 또렷하게 되살아나는군. 사실 어린 내게는 이곳의 멋진 풍광 따위는 그리 매력적이지 않았어. 내가 장 숙의 집에 가길 좋아했던 이유는 따로 있었지."

"……."

관우는 진무영의 음성에서 아련한 무언가가 느껴지자 슬쩍 그녀의 얼굴로 시선을 주었다.

"한 아이가 있었어. 이곳에 올 때마다 그 아이는 저기 있는 나무 아래 쪼그리고 앉아 흔들리는 나뭇잎을 멍하니 바라보고 있었지."

그녀가 가리키는 곳에는 이제 막 새 눈이 돋아나기 시작한 운남산다(雲南山茶) 한 그루가 서 있었다. 운남산다는 동백나무의 일종으로, 매우 더디게 자라지만 수명이 매우 긴 운남의 토착 수목이었다.

"그때는 잘 몰랐는데, 지금 생각하면 그 아이는 참 특이하고도 신기한 아이였어. 다른 아이들이랑은 전혀 어울리지도 않았고, 항상 혼자서 이곳저곳을 다니기를 좋아했거든. 나와도 처음엔 말도 섞지 않았는데, 내가 끈덕지게 졸졸 따라다니는 것이 귀찮았는지 결국 곁을 허락하고 말았지."

진무영은 자신이 말한 아이와의 일들을 떠올리며 입가에 진한 미소를 머금었다.

그 미소를 확인한 관우가 궁금한 듯 물었다.

"그 아이는 태광원주의 자식인가?"

진무영은 고개를 끄덕였다.

"그래, 나보다는 세 살이 많았어."

"지금은 이곳에 없나 보군."

"그 아이가 이곳을 떠난 지는 십수 년이 넘었어."

"……?"

"그리고 수년 전에 사막에서 죽었다는 소식이 전해졌지. 거대한 폭풍에 휩쓸려 모래 속에 파묻혔다 하더군."

진무영의 음성에는 지금까지와는 달리 안타까움이 묻어 있었다.

그녀의 이야기를 듣고 있자니 관우의 뇌리에 몇 가지 스치는 생각이 있었다.

우선 지금 진무영이 하고 있는 이야기는 그저 한 여인이 가진 사사로운 추억거리라고 보기엔 어려운 구석이 있었다.

광령문주의 의제이자, 그녀에게 숙부라 불리는 태광원주 장청원에 관한 이야기이기 때문이다.

사실 지금껏 관우는 진무영의 곁에 있던 장청원에 대해서는 크게 관심을 두지 않고 있었는데, 뜻밖에도 그의 고향인 이곳에 와서 진무영으로부터 그와 관련된 이야기를 듣게 된 것이다.

장청원이 광령문이 아닌 이곳에서 따로 지낸 사실을 비롯하여 지금 들은 이야기까지를 종합해 보면 뭔가 사연이 있음이 분명했다. 그리고 그 사연은 의외로 흥미로울 수 있을 것이다.

관우는 의문을 갖고 조심스럽게 물었다.

"그 아이는 무슨 사연으로 집을 떠난 것이지?"

이에 진무영은 그런 관우의 태도가 마음에 드는지 흡족한 표정이 되었다.

"이제 좀 내 말에 관심을 가져 주기로 한 건가? 좋아, 앞으로도 그런 태도를 유지하라고."

그녀는 한마디 당부를 한 뒤 말을 이었다.

"어느 날인가 그 아이가 장 숙을 찾아와 돌연 평생 세상을 주유하며 살겠다고 했다더군. 아주 어릴 적부터 그런 기질을 다분히 보인 아이니 이해는 되지만, 정작 이해할 수 없는 건 그걸 허락한 장 숙이지. 그때 그 아이는 고작 열두 살이었어. 비록 아이를 지켜볼 자를 한 명 붙여놓았다곤 하지만, 결국 아이는 죽고 말았지."

"그 아이가 죽은 게 수년 전이라면 이미 성인이 되었을 나이인데, 그 아이는 그때까지 단 한 번도 집을 찾아오지 않았다는 건가?"

"내가 알기론 그래. 죽을 때까지도 한 곳에 정착하지 못하고 중원 천지를 떠돌아 다녔다고 하더군. 역마살(驛馬煞)도 보통 역마살이 아니지."

관우는 작게 고개를 끄덕였다.

특이한 이야기이긴 하다. 하지만 그 속에서 특별한 것을 발견할 수는 없었다. 좀 더 다른 사연이 남아 있을 것만 같은 예감이지만 더 이상 묻기가 곤란했다. 때마침 노인이 다시 나타났기 때문이다.

"주인마님께서 소저를 만나뵙고자 하십니다."

"병환 중이시라 들었는데……."

"지금은 많이 나아지셔서 잠시 앉아 이야기를 나눌 정도는 되시니 괘념치 않으셔도 됩니다."

"그렇다면 만나뵈어야지요."

진무영이 자리에서 일어섰다. 하지만 관우는 그대로 앉아 있었다.

"뭐 해?"

"나는 굳이 갈 필요가 없을 듯하군."

하지만 노인은 그런 관우를 향해 말했다.

"주인마님께서 내 집에 찾아온 손님이시니 공자도 함께 모셔오라 하셨습니다."

"그렇다는군."

진무영은 회심의 미소를 지어 보였고, 관우는 어쩔 수 없이 자리에서 일어설 수밖에 없었다. 주인의 청을 거절하면서까지 홀로 남을 이유도 딱히 없었기 때문이다.

그렇게 다시 노인을 따라 내원으로 들어선 두 사람.

방 안으로 들어가니 침상에 앉아 있는 한 중년 여인의 모습이 보였다.

단정한 옷차림에 단아한 풍모가 엿보였다.

하지만 조금만 살펴보면 여인의 몸이 말할 수 없이 수척하며 혈색이 좋지 못하다는 것을 알 수 있었다.

"숙모님께 인사드립니다."

진무영은 중년 여인을 보자마자 예를 갖추었다.

이에 중년 여인은 환한 미소로 그녀를 맞았다.

"어서 오세요. 아가씨께서 오랜만에 왔다는 소식을 듣고 무척이나 놀랐답니다."

"건강도 좋지 못하신데 불쑥 찾아와서 폐만 끼치는 건 아닌지 모르겠습니다."

"무슨 그런 말을. 뛰어나가 맞아주지 못함이 미안할 뿐이랍니다. 그나저나 이리 오랜만에 뵈니 어여쁜 여인이 되셨군요. 가히 절세가인의 용모가 아닙니까."

중년 여인, 연정옥(燕晶鈺)의 두 눈은 마치 친딸을 보는 듯 온기가 가득했다.

"우리 교아가 살아 있다면 아가씨처럼……."

연정옥은 목이 메는지 더 이상 말을 잇지 못했다.

그 모습은 절로 보는 이들을 안타깝게 했다. 관우 역시 조금 전 진무영을 통해 사정을 들은 터라 그녀의 감정을 고스란히 느낄 수 있었다.

모두가 잠시 침묵하고 있는 그때, 눈가에 맺힌 물기를 훔친 연정옥이 시선을 들다 말고 돌연 흠칫하며 두 눈을 부릅떴다.

"교! 교아야!"

"……?!"

그녀의 시선이 향한 곳.

거기엔 관우가 있었다. 관우는 약간 당황한 표정으로 연정옥을 쳐다봤다.

"맞구나! 교아, 너로구나! 네가 살아 있었어!"

더욱 큰 음성을 내뱉던 그녀는 갑자기 다리를 펴며 일어서려 했다.

"마님! 진정하십시오! 무리하시면 안 됩니다!"

노인이 황급히 나서며 그녀를 제지했다.

"단 노, 저기 서 있는 것이 우리 교아가 아닙니까! 보세요, 우리 교아예요!"

"마님, 저분은 도련님이 아니십니다! 무영 아가씨와 함께 온 친구분이십니다! 저분의 얼굴을 다시 잘 살펴보십시오!"

"교아가… 교아가 아니라고?"

연정옥이 애틋한 시선으로 자신을 다시금 살피자 관우는

정중한 태도로 입을 열었다.

"노인장의 말씀이 맞습니다. 저는 이 친구와 함께 온 관우라는 사람입니다."

"……!"

힘을 쓰던 연정옥은 그대로 바닥에 털썩 주저앉았다. 하지만 그러면서도 한동안 관우의 얼굴에서 시선을 떼지 못했다.

관우는 그 모습을 애처롭게 바라보았고, 잠시 후 연정옥은 힘없이 고개를 끄덕였다.

"그래, 교아일 리가 없지. 그 아이는 이미 망령이 되었거늘."

혼잣말처럼 중얼거린 그녀는 곧 관우를 향해 말했다.

"내 공자의 용모가 어릴 적 내 아들 녀석과 닮은 듯하여 잠시 착각을 했나 보오. 추태를 보여 공자의 심기를 불편케 한 점 너그러이 용서해 주길 바라오."

그렇게 말하는 그녀의 모습은 당장에라도 쓰러질 듯 위태해 보였다. 정신적인 충격이 안 그래도 쇠약한 몸의 기력을 단번에 빼앗아간 것이리라.

"안 되겠습니다. 주인마님께선 쉬셔야 할 듯하니, 죄송하지만 아가씨께서 나중에 다시 찾아주시는 것이 어떨지요?"

노인의 부탁에 진무영은 흔쾌히 동의했고, 두 사람은 서둘러 밖으로 나왔다.

"의외의 일을 겪게 만들었군. 많이 당황했나?"

진무영의 물음에 관우는 고개를 저었다.

"이해할 수 있는 일이야."

"그 아이에 대한 이야기를 들은 뒤라 그럴 수 있겠군."

"……."

"숙모님의 병환이 생각보다 심각한 듯하여 걱정이긴 하지만, 방금 전의 일로 난 지금까지 알지 못한 것 한 가지를 깨달을 수 있었어."

진무영은 말을 마침과 동시에 걸음을 멈춰 세우며 관우의 얼굴을 빤히 응시했다.

의아한 눈빛이 된 관우를 향해 그녀는 다시 입을 열었다.

"내가 너를 처음 보았을 때부터 네게 호감을 느꼈던 이유."

"……?"

"닮아서였어, 그 아이와. 생김새가 닮았는지는 잘 모르겠어. 어릴 때였으니까. 하지만 네게서 풍기는 분위기. 그것만은 확실히 그 아이와 닮았어."

"……."

"그래서였을 거야, 숙모님께서 널 그 아이로 착각하신 이유도."

진무영은 문득 어떤 생각이 들었는지 다시 한마디를 내뱉었다.

"그러고 보니, 장 숙도 널 처음 봤을 때부터 분명 네게 호감을 가졌던 것 같군. 물론 지금은 널 죽여야 한다고 말하고 있지만 말이야."

그녀의 말을 잠자코 듣고 있던 관우가 짧게 물었다.

"어떤 점이 비슷하다는 거지?"

"지금 그 음성."

"……?"

"그 눈빛."

"……."

"새삼 가슴이 떨리는걸? 훗……."

진무영의 웃음은 그 어느 때보다 화사했다.

관우는 한동안 그녀의 웃음에서 시선을 떼지 못했다.

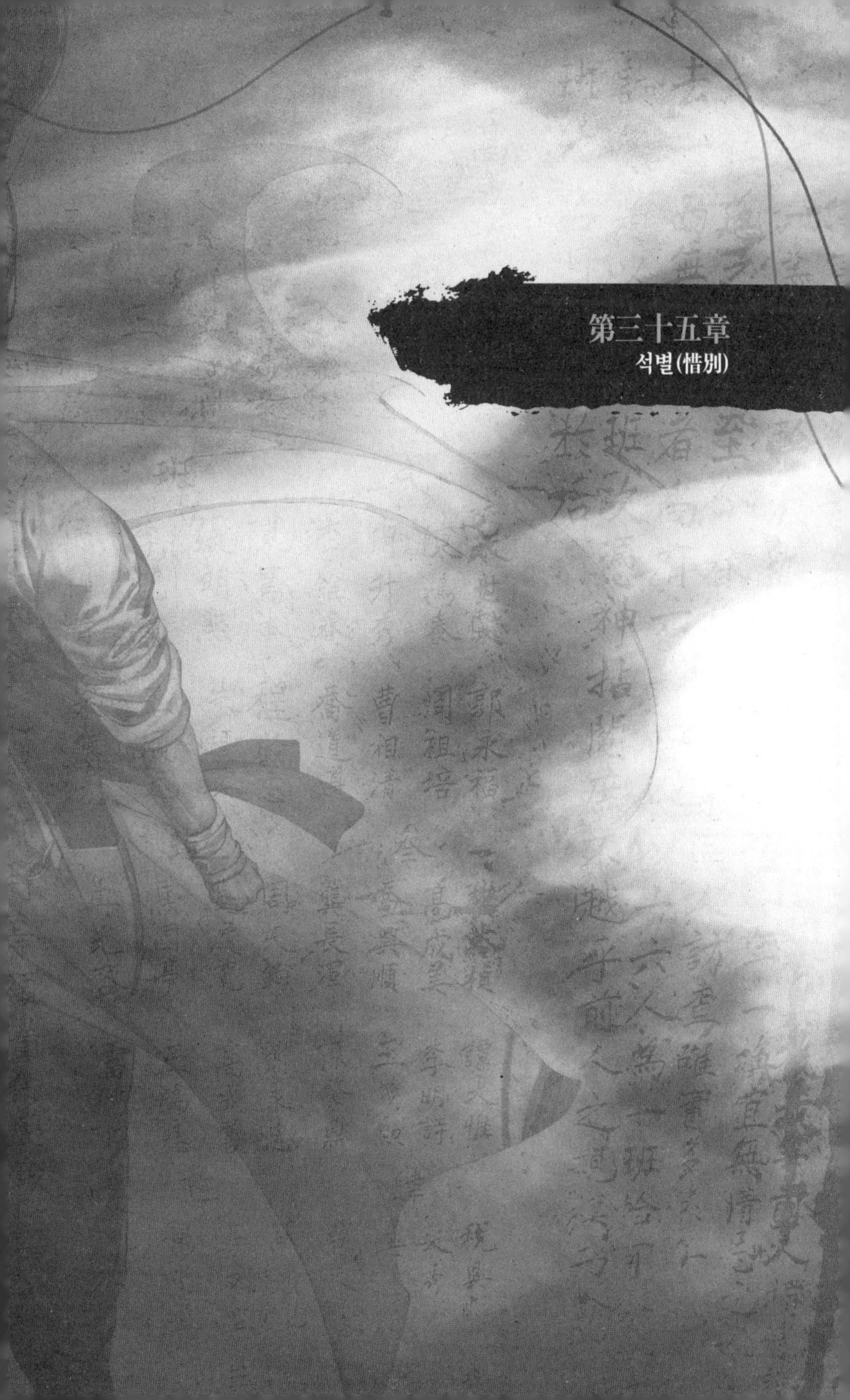

第三十五章

석별(惜別)

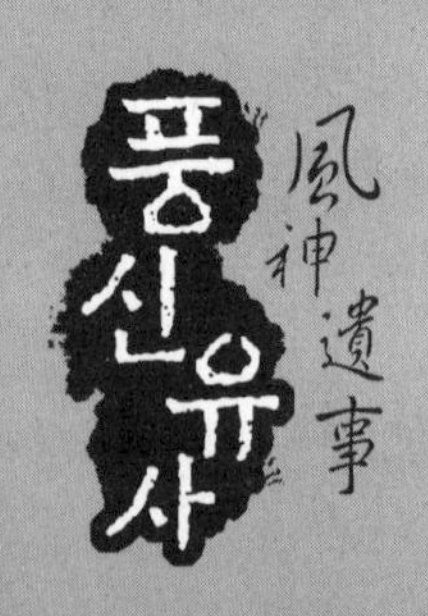
풍신유사
風神遺事

여산에 진을 친 채 수령문에 속한 문파들과 대치하고 있던 군무단은 한 달 새에 밀리고 밀려 결국 화산 근방까지 물러나기에 이르렀다.

정면 대결을 피하고자 한, 그야말로 작전상 후퇴였지만 이제 더 이상 물러설 곳은 없었다. 군무단의 한 축을 이루는 화산파를 두고 물러난다는 것은 어불성설이었다.

"버틸 때까지 버텼어요. 이젠 더 이상 저들의 도발을 무마시키며 후퇴할 수도 없게 되었어요."

불이 켜진 막사 안.

잠들기 전 위탕복을 찾은 모용란이 진지한 표정으로 입을 열었다.

"단주님께서 지시하신 것은 단주님께서 돌아올 때까지 최대한 군무단의 피해를 줄이라는 것이었지, 무조건 싸움을 피하라는 것은 아니었어요."

그녀의 말에 위탕복은 순순히 고개를 끄덕였다.

"분명 단주님께선 그리 당부를 하셨소."

"한데 지금까지 우리가 한 일이라곤 저들의 움직임에 맞춰 물러선 것밖에는 없어요."

"그래도 지금껏 본 단이 입은 피해는 거의 없다시피 하지 않았소?"

자랑스럽게 이야기하는 위탕복을 보며 모용란은 살짝 미간을 접었다.

"그럼 앞으로도 계속 물러서기만 하겠다는 건가요?"

"그것이 본 단의 피해를 최소화하는 방법이라면……."

순간 모용란의 표정이 딱딱하게 굳어지자 위탕복은 양 볼을 한차례 실룩거렸다.

"아! 하지만 아마도 더 이상 물러서고 싶어도 물러설 수 없을 듯하오."

"그게 무슨 말이죠?"

"그냥 그럴 것만 같은 예감이 드오."

모용란의 눈이 반짝였다.

"뭔가를 읽은 것이군요?"

"그렇소."

"제게도 이야기해 줄 수 있나요?"

위탕복은 고개를 저었다.

"확실히 '무엇이다' 라고 말하기는 어렵소. 다만……."

그의 표정이 사뭇 진지하다 못해 심각해졌다.

"그것이 곧 들이닥칠 것이며, 그것의 시초가 당가가 될 것이라는 건 확실하오."

"당가라고요?"

위탕복의 입에서 당가라는 말이 흘러나오자 모용란은 놀란 표정이 되었다. 하지만 그것은 보통 그녀가 보인 반응들과는 사뭇 다른 반응이었다. 이에 위탕복이 의문을 담아 물었다.

"요희도 무언가를 알고 있는 듯하군?"

모용란은 즉각 고개를 끄덕였다.

"사실 저도 위 참모께 전할 말이 있었어요. 방금 본 문의 문도로부터 보고받은 내용에 관한 것이에요. 당가에 관한 소식이었는데, 제가 그에 관한 말을 꺼내기도 전에 위 참모의 입에서 당가란 말이 흘러나오니 놀랍기가 그지없군요."

"혹, 당 소저와 관련된 소식이오?"

"아쉽게도 그건 아니에요. 당 소저는 한 달 전에 당가로 들어간 뒤로는 여전히 두문불출이에요."

"으음."

그와 같은 사실은 위탕복도 익히 알고 있었다. 당하연과 함께 보낸 소광륵이 수시로 소식을 전해오고 있었기 때문이다.

당가는 한 달 전부터 완전히 문을 걸어 잠그고 외부와의 교류를 모두 차단시킨 상태였다.

정확히는 소광륵이 당하연의 부탁을 받고 한바탕 소란을 일으킨 직후라 할 것이다. 말 그대로 대외적으로 선언만 하지 않았을 뿐이지, 봉문과 다름이 없었다.

당가 주변 모두가 쥐 죽은 듯한 고요함에 잠기게 되었고, 이를 기이하게 여긴 사람들이 늘어가면서 그 소식은 전 강호로 삽시간에 퍼져 나갔다.

이에 그 원인에 대하여 많은 추측들이 난무하는 가운데, 당가는 강호 모든 사람들이 예의 주시하는 곳이 되어버렸다.

하지만 당가의 이와 같은 움직임에 가장 마음을 쓸 수밖에 없는 곳은 바로 군무단이었다.

그중에서 위탕복은 당하연의 안위가 염려되어 적잖이 신경을 쓰고 있는 형편이었다.

생각 같아서는 소광륵을 당가 내부로 침투시켜 사정을 알아보고 싶지만, 그럴 수는 없었다. 무엇도 확실치 않은 상황이라 섣불리 움직이기도 어려웠다.

안 그래도 더는 미룰 수가 없어 뭔가 뾰족한 수를 찾던 중이었는데, 모용란이 당가에 관한 소식을 가져온 것이다.

내심 당하연의 소식이기를 바랐지만, 그것이 아니라도 상관없었다. 일단 뭐라도 알아야 대책이 설 것이기 때문이었다.

"그럼 당가가 봉문을 한 연유라도 알아낸 것이오?"

"그것도 아니에요. 하지만 제 생각에 그것에 대한 단서가 될 만한 내용인 듯하여 이렇게 위 참모를 찾아온 거예요."

"요희의 입에서 단서라……?"

위탕복이 재촉하자 모용란은 한차례 앞머리를 매만지고는 다시금 입을 열었다.

"지난 한 달간 당가를 외부에서 관찰한 결과, 평소와는 다른 점 몇 가지를 발견할 수 있었어요."

"그게 무엇이오?"

"우선 당가 전체를 두르며 경계를 서던 자들의 수가 삼분지 일이나 줄었다는 거예요. 실질적으로 번을 서는 자들의 수는 같지만, 전에는 삼 교대로 이루어지던 것이 지금은 이 교대로 이루어지고 있어요. 한 무리에 해당하는 자들이 모습을 감춘 것이죠."

"그렇게 단정할 수 있겠소? 그저 경계의 방식을 바꾼 것으로 볼 수도 있지 않겠소?"

"하오문을 무시하는군요. 설마 본 문의 문도들이 번을 서는 자들의 면면을 제대로 살피지도 않고 그런 보고를 올릴 거라 생각하나요?"

모용란의 두 눈에 한기가 서리자 위탕복은 '아차!' 하는 표정을 지음과 동시에 손을 휘저었다.

"아! 혹시나 하여 노파심에 물은 것이오. 내 하오문을 무시하는 마음을 품은 적이 결단코 없음을 믿어주길 바라오."

그가 황급히 해명하자 모용란은 두 눈에 맺힌 한기를 풀었다. 하지만 위탕복을 바라보는 시선은 여전히 곱지 않았다.

"지금은 일단 넘기겠지만, 방금 제게 한 말은 마음에 담아두고 있을 테니 그렇게 아세요."

"이런! 이제부터 요희 앞에선 입도 뻥긋하기 어렵겠군."

짐짓 크게 자책하며 시무룩한 표정을 짓는 위탕복.

그 모습이 어린아이와 같이 느껴진 모용란은 내심 미소를 머금었다.

하지만 그녀는 이를 내색하지 않고 잠시 끊겼던 이야기를 다시 이어갔다.

"또 한 가지 달라진 점은, 매일 정해진 시간에 행하던 연무를 하지 않는다는 것이에요. 그야말로 세가 내부의 살림과 관련하여 돌아다니는 몇몇 식솔들을 제외하곤 밖으로 모습을 보이는 자가 거의 없다시피 한 거죠."

"흠……."

잠시 생각에 잠겼던 위탕복은 곧 입을 열었다.

"경계를 서던 자들 중 일부의 모습이 보이지 않는다. 그들은 무인이니 무공 수련을 해야 함이 마땅한데, 무공 수련 자체가 전혀 행해지지도 않고 있다. 그렇다면 결론은 그들이 뭔가 다른 일을 하고 있다는 것이구려?"

"저 역시 같은 생각이에요."

"하지만 중요한 건 그것이 무엇이냐는 게 아니겠소?"

위탕복이 큰 눈을 끔뻑이며 모용란을 응시했다. 뭔가를 기다리는 듯한 눈빛.

이에 모용란은 재차 입을 열었다. 확실히 그녀는 아직 할 말이 남아 있었다.

"당가에서는 정기적으로 사들이는 물목들이 있어요. 그중에서 가장 큰 비중을 차지하는 건 단연 식재료들이죠. 그리고 그다음으로 비중을 차지하는 건 바로 약재들이에요."

"당가는 지금 상단은 물론이고, 의원도 운영하지 않고 있지 않소?"

"맞아요."

"그럼에도 그 같은 비중이 여전히 유지되고 있다는 것이오?"

"오히려 최근 몇 달간 약재를 사들인 수치는 더욱 늘었더군요."

"그렇다면 저들이 하고 있는 다른 일이라는 건 바로 그 늘어난 약재들과 관련이 있겠구려."

"정확히는 독초와 독물들이라고 봐야 할 거예요."

"……?"

"늘어난 수치의 대부분을 차지한 것이 독초와 독물들이었으니까요."

"독이라… 그랬군, 결국 그것이었어."

당가와 독은 떼려야 뗄 수 없는 관계다.

당가가 문을 걸어 잠갔을 때 나온 여러 추측들 가운데서도 독과 관련된 것들이 많았다.

위탕복 또한 독에 가장 큰 가능성을 두었다. 사실 그것 외엔 생각할 것이 딱히 없기도 했다.

그리고 그러한 추측은 틀리지 않았다. 모용란의 말대로라면 당가는 현재 독과 관련된 일에 매진하고 있음이 틀림없었다.

또한 그 일은 마무리 단계에 있거나, 이미 마무리되었을 수도 있었다. 자신의 꿈대로라면 곧 당가가 어떠한 식으로든 움직임을 보일 것이기 때문이다.

'무인들의 수련까지 그치게 했다는 건……?'

사람이 필요했다는 것이리라.

독과 사람.

'실험인가?'

"으음……."

위탕복은 짧게 침음했다.

마음이 답답했다.

꿈으로 무언가를 보았지만, 너무도 흐릿했다. 이런 경우가 거의 없었다. 그래서 불안했다.

내색하진 않았지만, 요즘 들어 그는 안개 속을 거니는 기분이었다.

태어나서 이런 기분은 처음이었다. 그만큼 모든 것이 불확실했다.

관우가 진무영과 함께 뇌음사로 떠난 뒤부터 무언가가 자꾸만 몽예력을 방해하는 것만 같았다. 아무리 고심하여도 꿈을 분명히 해석할 수가 없었다.

'누구도 짐작지 못할 변수가 앞을 가로막고 있다. 그건 하나일 수도 있고, 여럿일 수도 있다.'

위탕복은 그것이 자신의 능력 밖에 있는 것임을 알았다. 자신에게 몽예력을 준 하늘이 그것을 깨닫지 못하도록 막고 있음이 분명했다.

'하늘이 독수리에게 부여한 운명이 이리도 심난막측(甚難莫測)할 줄이야!'

그는 자신이 관우를 따르기로 작정한 때에 예상했던 범위를 벗어나는 상황의 연속에 혀를 내두를 수밖에 없었다.

"제 이야기는 끝났으니, 다시 위 참모가 했던 이야기로 돌아가 보죠."

모용란의 음성에 상념에서 벗어난 위탕복은 그녀를 바라봤다.

"위 참모는 조금 전 당가에서부터 뭔가가 시작될 것이고, 그것이 곧 닥칠 거라고 말했어요. 혹, 그 말은 그 무언가가 우리가 있는 이곳으로 올 거란 뜻인가요?"

"그건 알 수 없소."

"음, 당가가 뭔가를 준비했다면 그건 광령문 등 저들 세 문파를 상대하기 위함일 거예요. 강호인들만 모인 이곳으로 올 가능성은 없을 거라 보는데……?"

"지금으로선 확언할 수 있는 것이 아무것도 없소. 애초에 당가가 준비한 것이 무엇인지 정확히 알 수가 없으니 그럴 수밖에. 하지만 한 가지 짐작할 수 있는 것은 있소. 당가가 최후의 방책으로 독을 선택했다면, 그들은 거기에 자신들의 모든 것을 걸었을 거란 거요."

모용란은 머리를 주억거렸다. 위탕복의 말은 그녀의 마음을 무겁게 했다.

독은 수많은 생명을 앗아갈 수 있다. 때문에 금기시된다.

당가는 독에 정통했지만 결코 그것을 오용하지 않았다. 철저히 관리하고, 순리에서 벗어나는 일에는 절대 독을 사용하지 않았다.

하나 할 수 있는 것을 하지 않는 것과 할 수 없어서 하지 못하는 것에는 큰 차이가 있다.

특히 아무것도 보이지 않는 어둠에 갇혔을 때, 궁지에 몰려 다른 선택의 여지가 없을 때, 그 차이가 두드러지게 되어 있다.

당가가 독을 선택한 것은 바로 그러한 상황하에서 이루어진 것이라 할 수 있었다.

그리고 그러한 선택을 하는 자들에겐 반드시 치러야 할 대가가 있다는 것을 모용란은 잘 알고 있었다.

"모든 것을 걸기 전에 많은 것을 버렸을 수도 있겠군요."

"이제 그들에게 도의와 순리를 바라는 건 어려운 일일 거요."

"그렇다면 당 소저가 급히 당가로 돌아간 것도……?"

위탕복은 고개를 끄덕였다.

"무언가를 알고 어떻게든 그것을 막아보려 했을 가능성이 크오."

"어리석긴."

"그녀로선 최선이었겠지."

두 사람은 잠시 침묵했다. 서로의 마음이 어떠한지는 굳이 묻지 않아도 알 수 있다.

이윽고 모용란이 먼저 입을 열었다.

"이 모든 상황을 위 참모께선 미리 예상했나요?"

"전에도 말했지만 나는 무불통이 아니오."

"그렇다면 이에 대한 방책 또한 없겠군요."

"그렇소."

"이제부터 어찌할 생각이죠?"

모용란의 질문은 적절치 않아 보였다. 분명 위탕복은 방책이 없다고 말했다. 그럼에도 그녀는 그에게 어찌할 거냐고 묻고 있었다.

하지만 위탕복의 반응은 아무렇지 않은 듯 자연스러웠다.

"요희의 이야기를 들으니 우리 군무단이 해야 할 바는 단 두 가지밖에 없는 것 같구려."

"……?"

"하나는 어떻게든 살아남는 것, 다른 하나는 최대한 빨리 단주님을 다시 만나는 것."

모용란은 두 눈을 반짝였다.

"방향은 서쪽인가요?"

위탕복은 고개를 끄덕였다.

"그보다 먼저 눈앞의 적들부터 해결해야겠지."

"철탑 대협께서 좋아하겠군요."

"그 친구의 도끼질은 내가 본 어느 것보다도 무식하오."

짐짓 눈살을 찌푸리는 위탕복.

그를 보며 모용란은 옅은 미소를 머금었다.

*　　　*　　　*

고원과 평원이 끝없이 이어졌다.

수시로 살을 에일 듯한 강풍이 불었고, 갈수록 길의 굴곡이 심해졌다.

사흘 전 대리를 떠난 관우와 진무영은 끝없이 이어진 서장의 대산대맥(大山大脈)을 가로지르고 있었다.

태고의 자태를 고스란히 간직한 이 험로에 발을 딛는 자는 거의 없었다. 보이는 것은 얕은 풀들과 곳곳을 덮고 있는 눈 무더기뿐이었다.

가끔 짐승들이 보일 뿐, 사람은 찾아볼 수가 없었다.

기본적인 호흡조차 버거운 이곳에서 두 사람은 빠르게 신형을 날리고 있었다.

하나의 산을 넘으면 또 하나의 산이 보이고, 다시 그 산을 넘으면 더욱 큰 산이 앞에 버티고 있는 일이 반복되었다.

그렇게 한참을 이동하던 두 사람은 험곡 한가운데를 가로지르며 흐르는 장포강(藏布江) 가에 이르렀다. 이미 해가 질 무렵이었다.

강 유역은 주변과 비교하여 경사가 완만하고 바람이 강하지 않아 노숙할 만한 곳이 제법 눈에 띄었다.

짊어진 꾸러미를 내려놓고 천막을 세운 관우는 곧 불을 피워 밤을 대비했다.

두 사람 모두 범인의 능력을 벗어난 자들이었지만, 험난한 행로와 사흘간 계속된 노숙 탓에 행색이 그리 좋지 못했다.

간단히 요기를 한 두 사람은 모닥불을 사이에 두고 마주 앉았다.

그리고 언제나처럼 진무영이 먼저 말을 꺼냈다.

"왼쪽에 있는 산을 넘고, 서남쪽으로 천 리 정도 가면 아동(亞東)이란 곳이 나오지. 천축으로 가는 관문인데, 그곳에서부터는 비교적 고생이 덜할 거야."

그녀는 지금 행하는 여정이 처음이 아닌 듯 앞으로 가야 할 행로에 대하여 말했다.

사실 운남에서 곧장 면족(緬族)들의 땅을 지나 천축으로 가는 것이 가장 손쉬운 길이었다. 그럼에도 굳이 지금의 힘든 길을 택한 것은 진무영의 의견 때문이었다.

그녀는 그쪽보다는 이쪽으로 가는 것이 귀찮은 일을 덜 당하는 방법이라고 말했다.

그녀는 단지 추격자들에게 오붓한 여행을 조금이나마 덜 방해받고 싶어서라고 말했지만, 관우는 그녀가 그렇게 말한 까닭이 무엇인지 정확히 알 수 있었다.

면족들의 땅은 광령문 등의 근거지가 있는 안남과 가까웠다. 진무영은 가능하면 그곳에서 멀리 떨어지고자 했던 것이다.

덕분에 약간 고생은 되었지만, 빠른 이동으로 예상보다 시일을 제법 단축시킬 순 있었다.

그녀는 계속해서 말을 이었고, 관우는 묵묵히 그녀의 말을 들었다.

"중간에 한 번은 맞닥뜨리게 될 거야. 각오는 해두라고."

수령문과 지령문의 추격자들을 말하는 것이리라.

"팔은 좀 어때?"

관우는 그녀의 눈앞에서 다친 팔을 들어 보였다.

손가락 몇 개가 미세하게 움직이는 것을 본 진무영이 흡족한 표정을 지었다.

"그 정도면 완전해지는 건 이제 시간 문제겠군."

"덕분이지."

"하지만 그 팔로 싸우는 건 무리야. 저들이 나타나더라도 싸울 생각은 하지 말라고."

"혼자 상대할 수 있나?"

진무영은 고개를 들어 관우를 쳐다봤다.

모닥불의 불꽃에 벌겋게 물든 관우의 얼굴이 보였다.

"지금 날 걱정해 주는 거지?"

하지만 관우에게선 그에 대한 대답이 아닌 다른 말이 흘러나왔다.

"소문주가 쫓기고 있는데, 광령문이 가만히 지켜보고만 있진 않을 것 같군."

진무영은 입가에 미소를 머금었다.

대리를 떠난 뒤부터 관우는 줄곧 이런 식으로 자신을 대했다.

다른 것에는 대꾸를 해도 그녀의 감정이 조금이나마 묻어나는 말에는 절대 대꾸를 하지 않았다.

하지만 그녀는 섭섭해하지 않았다. 오히려 관우의 변화가 흥미로울 뿐이었다. 어찌 됐든 그것도 변화였고, 변했다는 것은 자신을 향한 관우의 마음에도 변화가 있다는 반증이라 여졌기 때문이다.

"누가 날 쫓느냐에 따라 다르겠지."

"누가 쫓을 것 같은가?"

"나를 죽일 수 있는 자. 물론 저들이 그렇게 믿는 자를 말하는 거야."

"그 누가 와도 널 어쩌진 못할 거라는 뜻인가?"

"그렇다면, 믿어줄 테야?"

"……."

관우는 말없이 그녀를 잠시 응시했다.

믿을 수 없다.

그러나 진무영에게선 확신이 느껴졌다. 그만큼의 힘과 자신감이 그녀에겐 있다는 것이리라. 그리고 그것은 근거없는 자긍과 자만하고는 다른 것임을 관우는 알 수 있었다.

이윽고 관우가 다시 입을 열었다.

"만일 네가 저들의 손에 죽으면 어떻게 되는 거지?"

심기를 날카롭게 만들 수 있는 위험한 질문.

하지만 진무영은 한차례 두 눈을 반짝였을 뿐, 태연히 대꾸했다.

"재밌는 질문이군. 그런데 무엇이 어떻게 되냐는 거지? 본문? 아니면 강호? 그것도 아니면… 너를 말함인가?"

"모두."

"흐음, 뭐든 달라지는 것은 없어. 내가 없어도 본 문은 휘청거릴 염려도 없고, 본 문이 결국 세상을 가질 거라는 사실은 변하지 않을 테니까."

말을 마친 진무영은 관우에게 물었다.

"불안한가 보군?"

"그럴 수밖에. 상황이 그러하니까."

"일이 잘못되면 네가 지키고자 하는 강호가 사라질까 염려되는 건가? 불안한 것이 그 때문이라면 염려하지 않아도 돼. 이미 나는 네 의견을 받아들였고, 그대로 하기로 결정을 했으니까. 넌 네가 원하는 대로 뇌음사에 무사히 도착할 것이고, 네 무공을 완성시켜 본 문 아래 강호 전체를 포섭시키게 될 거야."

"물론 내가 네 사람이 된다는 전제하에서만 유효한 말이겠지?"

"아쉽게도. 이미 말했지만, 널 죽이는 건 내 뜻이 아니거든."

약간의 침묵 후에 관우가 문득 말했다.

"알고 있나, 내가 친구처럼 말을 놓자는 네 제안을 받아들인 이유를?"

"……?"

"이번 여행이 끝나도 다신 네게 존대를 할 기회가 없을 것이기 때문이지."

진무영은 떨떠름한 표정을 지었다.

"그런 말은 여행이 끝난 뒤에 나누자고 하지 않았나?"

"여행이 끝나도 내가 네 사람이 될 일은 없을 거야. 그래도 이대로 여행을 계속할 생각인가?"

"물론이지. 난 이번 여행 자체를 즐기고 있다고 분명히 말했을 텐데? 설혹 네가 결국 내 사람이 되지 않는다고 해도 네가 뇌음사에 도착하여 무공을 얻는다는 사실에는 변함이 없을 거야. 그 팔……."

진무영은 관우의 다친 왼팔을 가리키며 말을 이었다.

"그 팔이 온전해지기 전까진 네게 아무 일도 일어나지 않을 거야. 지금 우린 단둘이고, 다친 너를 지키는 건 당연히 내 몫이지. 누구의 힘도 빌리지 않을 생각이거든."

"……."

타닥!

불을 흠뻑 머금은 나무가 요란한 소리를 내지르며 발간 불티를 허공에 흩뿌렸다.

관우와 진무영은 타오르는 불꽃 사이로 보이는 서로의 얼굴을 말없이 지켜보았다.

우우우……!

들짐승의 울음소리가 적막한 어둠 속에 울려 퍼졌다.

잠들기 위해 자신의 천막에 누웠던 관우는 축시가 지날 무렵 조용히 눈을 떴다.

몸을 일으킨 관우는 즉각 섭풍술을 펼쳐 전신을 바람으로 에워쌌다.

잠시 진무영이 자고 있는 천막을 바라보던 관우.

이내 그의 모습이 사라지고 미세한 바람이 그곳을 쓸고 지나갔다.

그로부터 얼마 후.

진무영이 천막 밖으로 모습을 드러냈다.

그녀 역시 관우의 천막을 가만히 응시했다.

거기에 있어야 할 호흡이 느껴지지 않음을 안 그녀의 두 눈이 깊게 가라앉았다.

"결국… 즐거운 여행을 완전히 망쳐 놓는군. 냉정한 사람……."

손에 잡힐 듯한 서장의 만월을 올려다보는 그녀의 얼굴에 떠오른 것은 안타까움, 그리고 쓸쓸함이었다.

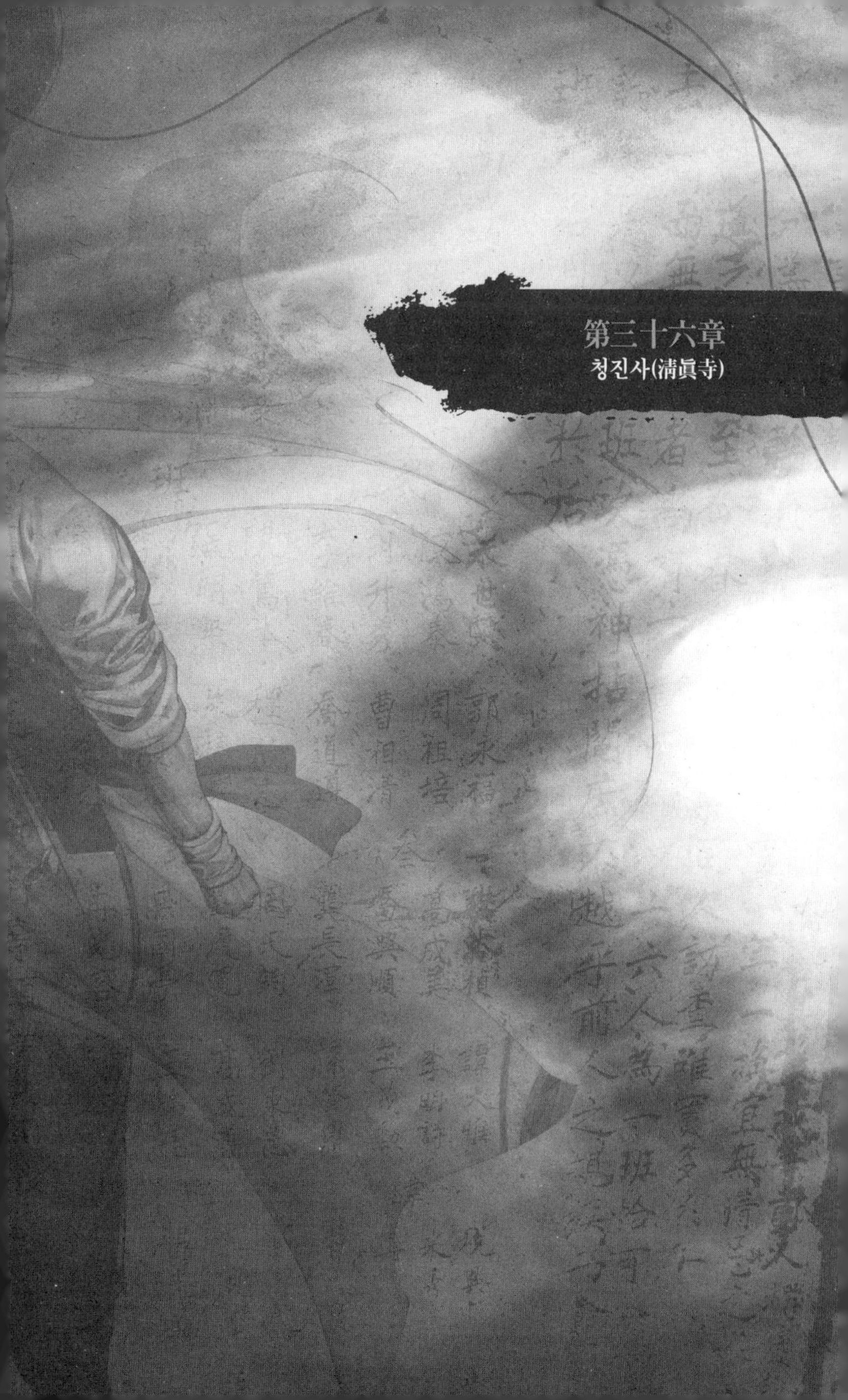

第三十六章
청진사(淸眞寺)

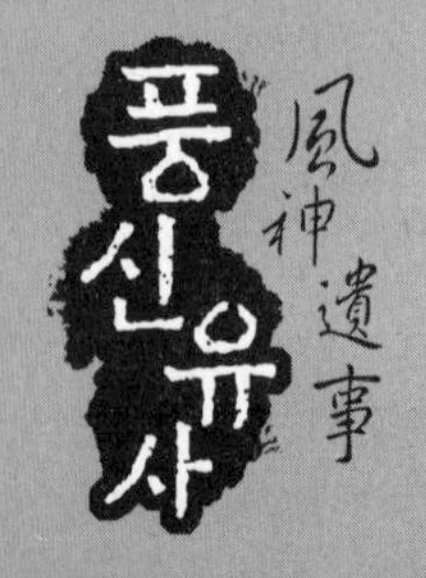
풍신유사
風神遺事

장포강 가를 떠난 관우는 낼 수 있는 가장 빠른 속도로 이동을 거듭했다.

그 덕분에 다음날 동이 터올 무렵에 천축으로 가는 관문인 아동에 들어설 수 있었다.

그곳에서 잠시 무리하여 지친 몸을 달랜 후 오정이 되기 전 다시 이동을 시작했다.

홀로 움직이는 관우의 이동 속도는 진무영과 함께 다닐 때보다 배나 빠른 것이었다.

조금이라도 지체할 수가 없었다. 시간이 촉박했다. 최대한 빨리 뇌음사에 당도하여 만유반야대선공을 취해야만 한다.

수령문과 지령문의 인물들은 자신의 목적지가 어디인지 확실히 알지 못한다. 하지만 진무영은 자신의 목적지가 뇌음사임을 알고 있었다.

그녀는 자신을 뒤쫓아 뇌음사로 올 것이며, 다시 그녀와 대면하게 된다면, 그땐 서로를 향해 칼을 겨눠야만 할 터이다.

그것을 각오하고 서둘러 그녀를 떠났다.

처음부터 염두에 둔 계획이었다. 하지만 본래 계획보다 일찍 결단을 내렸다.

관우로선 그녀와 더 이상 동행할 수 없었다. 더욱 노골적이 되어가는 그녀의 자신을 향한 감정과 태도를 더는 지켜볼 수 없었기 때문이다.

진무영은 아름다운 여인이다. 그런 여인이 자신을 향해 진실된 마음을 드러낸다면 목석이 아닌 이상 사내로서 마음이 흔들리지 않는다는 것은 거짓이리라.

대리에서 장청원의 부인인 연정옥과의 일이 있은 후부터 자신을 바라보는 진무영의 시선은 전보다 사뭇 달라졌다.

자신을 향한 그녀의 눈빛에서 느껴지는 훈기는 사내를 향한 여인의 순수한 연모라는 것을 관우는 알 수 있었다. 그와 같은 시선을 바로 당하연에게서 항상 받아왔기 때문이다.

거기에 더하여 그녀의 정성스런 치료 덕분에 상한 팔에서도 감각이 서서히 돌아오게 되니, 조금씩 심정에 미미한 파동이 일었던 것이다.

그 파동이 진무영에게서 서둘러 떠난 결정적인 이유였다. 말 그대로 달아난 것이었다.

본래는 안전하게 뇌음사의 무공을 얻은 뒤에 그녀에게서 벗어나려고 했다. 그전에 행동을 취하면 자칫 뇌음사의 무공을 얻지 못할 위험이 있었기 때문이다.

지금 자신의 능력으로 진무영을 제압할 가능성은 거의 없었다.

하지만 적어도 그녀의 손에 목숨을 잃지 않을 자신은 있었다. 작정하고 달아나면 아무리 그녀라도 자신의 종적을 쫓기가 쉽진 않을 것이기 때문이다.

관우는 자신과 진무영의 간격을 한나절 정도로 보았다.

그녀가 자신이 사라진 것을 곧바로 발견했다면 반나절이 단축될 터였다.

그렇다면 자신에게 주어진 시간은 셋에서 네 시진이 될 것이다.

그 안에 뇌음사의 무공을 취해야만 한다. 그래야만 무사히 중원에 돌아갈 수 있다.

다시 생각이 거기까지 미치자 관우의 속도는 더욱 빨라졌다.

칠 할의 풍기가 자유자재로 사용되고 있었다.

섭풍술을 쓸수록, 또 싸움이 거듭될수록 이에 대한 몸의 적응도는 눈에 띄게 향상되고 있었다.

아동을 벗어난 후 남쪽으로 향해 놓인 곳은 넓은 협곡 지대였다.

대산대맥끼리 만나는 지점에 자연스럽게 만들어진 지형이었다.

협곡 지대를 거의 벗어나자 큰 강이 모습을 보였고, 중원의 복색과는 사뭇 다른 옷을 입은 천축의 족속들이 하나둘 보이기 시작했다.

이윽고 여러 집들이 모여 있는 한 마을이 나타났는데, 관우는 망설임없이 그곳 안으로 들어섰다.

좁은 길을 지나 관우가 찾아간 곳은 중원의 객잔과도 같은 곳이었다. 비록 드물긴 하지만 적은 규모의 상단이 왕래하는 길목인지라 자연스럽게 이들을 상대하는 객잔이 생긴 것이다.

객잔의 풍경은 색다르긴 했지만, 중원인들이 제법 오가는지 간판엔 어설픈 글씨로 대풍객잔(大豊客棧)이라 씌어 있었다.

관우는 객잔 안으로 들어가지 않고 건물 사이로 난 좁은 길로 걸음을 옮겼다.

객잔 뒤편으로 이어진 길을 따라 걸어 들어간 관우는 이내 작은 문 하나를 발견했다. 객잔의 후문이었다.

"계시오?"

관우는 문 앞에 서서 음성을 발했다.

잠시 후 뒷문이 열리며 작고 왜소한 중년인이 모습을 드러냈다. 뜻밖에도 그는 중원인의 용모를 하고 있었다.

중년인은 관우를 보며 자연스럽게 경계의 빛을 나타냈다.

"누굴 찾아왔소?"

"오서(鼯鼠: 날다람쥐)를 찾아왔소."

관우의 대답에 중년인의 눈빛이 날카롭게 빛났다.

"누가 보냈소?"

"태모(太母)요."

"귀하가 군무단주시오?"

"그렇소."

중년인은 즉각 옆으로 비켜서며 관우를 향해 읍했다.

"안으로 드시지요. 기다리고 있었습니다."

객잔의 후문 안에 들어서자마자 관우는 또다시 다섯 개의 문이 가로막고 있는 것을 보았다.

중년인은 그중 네 번째 문 안으로 관우를 안내했는데, 그 안에는 지하로 이어지는 계단이 놓여 있었다.

지하로 내려간 두 사람은 불이 밝혀져 있는 작은 방 안에서 탁자를 사이에 두고 마주 앉았다.

"다시 인사드리지요. 하오문의 장로 유건이라고 합니다."

비천서(飛天鼠) 유건.

하오문도가 강호에서 이름을 날리는 일은 드물었다. 하지만 유건은 강호인들에게 비천서란 별호를 얻을 정도로 유명한 자였다.

주로 고관대작들의 집을 제집처럼 드나들며 진귀한 물품들을 훔친 그는 이미 신투의 반열에 올라 있었다.

비교적 이른 나이인 사십대에 하오문의 장로에 오른 것만으로도 그의 능력을 능히 짐작할 수 있게 했다.

관우는 천축으로 떠나기 전 모용란이 이야기한 대로 유건을 찾았다. 유건은 그녀의 지시를 받고 직접 뇌음사에 관한 모든 일을 도맡고 있었다.

"그동안 노고가 많았소. 관우라고 하오."

"노고라니요. 할 일을 한 것뿐이지요."

유건은 관우를 정중히 대했다. 그들의 태모인 모용란이 주인으로 섬기기로 한 자였기 때문이다.

반면 관우는 그에게 하대를 하지 않았다. 관우는 하오문 전체를 자신의 수족처럼 부릴 생각이 전혀 없었다. 다만 모용란을 통해 도움을 얻을 뿐이었다.

"사정이 좋지 못하여 지체할 시간이 없소."

관우의 말에 유건은 즉각 반응을 보였다.

"하면 바로 뇌음사에 대하여 보고를 올리지요."

"여기에서 듣는 것보다는 가면서 듣는 것이 좋을 듯하오."

관우가 그렇게까지 말하자 유건은 상황이 자신의 생각보

다 더욱 급박하다는 것을 알 수 있었다.

하지만 그는 그것을 알면서도 움직임을 보이지 않았다.

"뜻은 알겠습니다. 하나 반드시 들으셔야 할 것이 있습니다."

"무엇이오?"

"얼마 전 뇌음사에 큰 변고가 있었습니다."

"……?"

관우는 뜻밖의 말에 놀라지 않을 수 없었다.

"지금 천축의 정세는 매우 어지럽습니다. 특히 이곳 근방 지역은 이미 청진교(淸眞敎:이슬람교)를 앞세운 족속들에 의해 거의 장악되다시피 한 상태입니다. 그런데 얼마 전부터 그들은 자신들의 청진교를 앞세워 이곳에 널리 퍼져 있던 불가의 가르침을 모두 폐하고자 하는 움직임을 보였습니다. 그 일환으로 여러 사찰들이 강제로 철거당하거나 모두 불타 없어지는 일이 생겼습니다. 그 과정에서 뇌음사 또한……."

"그들의 손에 의해 사라졌단 말이오?"

"그렇습니다."

유건의 표정은 자못 심각하게 변했다.

"뇌음사의 저력은 만만치 않았으나, 거센 저항에도 불구하고 결국은 모든 승려들이 죽고 절은 모두 불타 버렸습니다."

"……!"

관우는 짧은 한숨을 내뱉음과 동시에 미간을 찌푸렸다.

중원에서 이곳으로 오는 한 달 보름 동안 생각지도 못한 일이 벌어진 것이다.

관우는 즉각 유건에게 물었다.

"그럼 우리가 찾고 있는 것 또한 소실되고 만 거요?"

"제가 정작 말씀드리고자 한 게 바로 그것입니다. 저는 소식을 듣자마자 뇌음사로 달려가 그곳을 샅샅이 뒤졌습니다. 서고를 비롯한 모든 것이 잿더미가 되었더군요. 혹시나 하여 조금 더 살펴보고 있는 와중에 뇌음사 주장승(主掌僧)의 거처가 있던 자리에서 작은 석문 하나를 발견했습니다. 위치상으로 볼 때 일종의 비고(秘庫)였던 듯한데, 의문스러운 점은 석문이 열려 있고 그 안이 깨끗하게 비워진 상태였다는 것입니다."

"불에 탄 흔적은 전혀 없었단 말이오?"

"그렇습니다. 저는 정황상 뇌음사를 침입한 자들이 그곳의 물건들을 모두 가져갔다는 결론을 내리고 귀인(貴人)이 오길 기다리고 있었습니다."

"으음……."

관우는 고개를 끄덕였다. 직접 보진 못했지만, 유건의 말대로라면 관우의 생각도 그와 같았다.

비고에는 분명 진귀한 것들이 들어 있었을 것이다. 뇌음사가 어떠한 내력을 지닌 곳인지 저들도 알고 있었을 터, 비고에 있던 물건들이 범상치 않은 것이라 여겼다면 소훼시키지 않고 가져갔을 가능성이 컸다.

"뇌음사를 그렇게 만든 곳을 알고 있소?"

"물론입니다. 그들은 뇌음사에서 그리 멀지 않은 곳에 자리를 잡은 청진교도들입니다. 그들의 정황은 이미 파악해 두었습니다."

"서둘러 그곳으로 안내해 주시오."

관우의 말에 유건은 그 즉시 일어나 뇌음사로 향할 채비를 하였다.

객잔의 누군가와 몇 마디를 주고받은 그는 관우와 함께 객잔을 나섰다.

마을을 벗어나자 저 앞에 말 두 필이 나무 기둥에 매어져 있는 것이 보였다.

"그곳까지는 말을 타고 하루 종일 달려도 사흘이 걸립니다. 말 없이 가기에는 무리가 있을 듯하여 준비를 하였습니다."

관우는 그제야 떠나기 전 그가 누군가에게 타고 갈 말을 준비시킨 것임을 알았다. 혹시나 있을 이목을 고려하여 마을 안이 아닌 마을 밖에 은밀히 준비시켜 놓았던 것이다.

하지만 관우는 말을 타고 갈 생각이 전혀 없었다.

"말을 타고 가면 늦소."

유건의 두 눈에 의아스런 빛이 떠올랐다.

"길이 제법 험합니다. 처음엔 신법을 발휘하는 것이 빠르겠지만, 중간에 지칠 것을 고려하면 오히려 말을 타는 것보다 늦습니다."

그가 재차 이유를 설명하자 관우는 그를 응시하며 입을 열었다.

"전에 요희에게 하오문엔 목숨보다 중히 여기는 철칙 두 가지가 있다고 들었소."

유건은 불현듯 관우가 철칙 이야기를 꺼내자 의문을 품으면서도 고개를 끄덕였다.

"그렇습니다. '첫째, 하오문 전체가 아닌 사욕을 채우기 위해 일하지 않는다. 둘째, 수집한 정보는 결코 외부에 유출하지 않는다' 입니다."

"나는 그중 두 번째 철칙이 지켜지길 원하오."

"……?"

"내 곁으로 가까이 오시오."

관우는 의아한 표정의 유건에게 손을 내밀었다.

유건은 목구멍까지 올라온 질문을 애써 삼키며 관우가 시키는 대로 따랐다.

그가 곁으로 다가와 자신의 손을 잡자, 관우는 당부하듯 말했다.

"내 등 뒤에 바짝 붙는 것이 좋을 거요."

"대체 어찌하시려… 읍?!"

유건은 묻다 말고 두 눈을 부릅떴다.

보이지 않는 무언가가 두 사람을 감싸는 것을 느꼈기 때문이다.

그것은 이내 두 사람의 신형을 떠받치더니 곧 허공으로 솟아오르기 시작했다.

"이, 이것은!"

유건은 경악했다. 지금 두 사람의 몸을 감싸고 있는 것은 분명 바람이었다. 바람을 타고 허공을 가로지르고 있는 것이다.

'이게 대체 무슨 조화란 말인가!'

그는 눈앞에서 펼쳐지는 일을 믿을 수가 없었다.

수백 장을 솟구친 둘은 쾌속하게 서쪽으로 나아가기 시작했다. 마을은 이미 보이지 않게 된 지 오래이며 강줄기와 산악들이 빠르게 뒤로 멀어지고 있었다.

'태모께서 광령문 등 저들 세 문파를 제압할 수 있는 자라 하시더니, 과연 이자는 신인(神人)이란 말인가!'

관우의 능력에 감탄한 그는 난생처음 느껴보는 황홀경에 빠져 한동안 헤어 나오지 못하였다.

그렇게 반 시진이 흘렀다.

거대한 산들 곳곳에 숨어 있는 작은 마을들을 여럿 지나고, 다시 큰 강을 건너 성읍으로 보이는 한 곳도 지났다.

자신이 두 다리로 다녔던 길들을 허공에서 내려다보는 기분에 흠뻑 취한 유건은 한 지점이 눈에 들어오자 문득 정신이 번쩍 들었다.

"저곳입니다."

그가 가리킨 곳에는 제법 규모 있는 마을이 있었는데, 마을 중앙엔 크고 지붕이 둥근 건물 하나가 세워져 있었다.

그것은 다름 아닌 중원인들이 청진사(淸眞寺:모스크)라 일컫는 청진교도들의 근거지였다.

관우는 그것을 확인하자마자 곧바로 하강하기 시작했다.

청진사가 자리 잡은 곳으로부터 오백여 장 정도 떨어진 산중턱에 내려선 관우는 마을의 전경을 내려다보며 입을 열었다.

"저들의 수는 얼마나 되오?"

"청진사 자체에 있는 자들의 수는 백여 명 정도입니다. 하지만 마을의 장정들까지 모두 합치면 오백 명이 넘습니다."

대답하는 유건의 음성에서 아직 채 가라앉지 않은 홍분이 느껴졌다.

사흘 거리다.

험한 산곡을 수차례나 넘어야 하며, 강줄기를 따라 이어진 길을 돌고 돌아 가야만 하는 거친 행로였다.

그런데 그 길을 고작 반 시진 만에 허공을 가로질러 날아왔으니, 쉽게 홍분을 가라앉힐 수가 없는 것이었다.

몰래 심호흡 한 번을 한 그는 말을 이었다.

"일전에 후원 쪽에 경계가 소홀한 듯하여 시험 삼아 침투를 감행한 적이 있습니다. 하지만 예상 외로 이목이 민감한 자들이 많아 간신히 도망쳐 나오는 데 만족해야 했습니다."

작게 고개를 끄덕인 관우는 다시 물었다.

"혹, 얻고자 하는 것은 어디에 있는지 알아냈소?"

"청진사에 침투했을 당시 안뜰을 살펴보았으나 그곳에는 없었습니다. 제 추측으로는 청진교도들이 '이맘' 이라 부르는 그들의 수령이 가지고 있을 가능성이 가장 큰 것으로 생각됩니다."

"으음."

관우는 낮게 침음하며 잠시 생각에 잠겼다.

유건은 그런 관우를 묵묵히 지켜보았고, 이윽고 관우의 입이 다시 열렸다.

"유 장로의 도움이 필요할 듯싶소."

"말씀하십시오."

"잠시 저들의 이목을 끌어주시오."

"혼란을 틈타 수령의 거처로 들어가실 생각입니까?"

관우는 고개를 끄덕였다.

"일각 정도면 될 거요."

"이목을 끄는 것이라면 크게 어렵지 않습니다. 하지만 조심하셔야 합니다. 저들 중엔 귀인이 조금 전에 보이신 것처럼 중원의 무공과는 다른 능력을 가진 자들이 있습니다. 저 또한 지난번에 그것에 의해 일신의 능력을 제대로 펼칠 수가 없었습니다."

그의 말에 호기심이 인 관우가 물었다.

"어떤 능력이었소?"

"직접 물리적인 힘을 가하는 기술은 아닙니다. 상대의 정신을 흐트러뜨리는 일종의 환술(幻術)인 듯한데, 거기에 당하면 정신이 혼미해지고 이어 온몸이 무기력해지게 되더군요. 적지 않은 고수들이 있었던 뇌음사도 그들의 그 같은 능력으로 인해 힘을 쓰지 못하고 당했을 겁니다."

"하면 유 장로는 그것에서 어찌 벗어날 수 있었소?"

"그들의 능력에는 거리상의 한계가 있는 듯했습니다. 일정 범위를 벗어나자 옥죄는 힘이 사라지더군요."

관우는 유건의 말을 이해했다. 유건의 몸놀림은 짝을 찾기 어려울 정도로 빠르다. 덕분에 그들의 환술에 걸리기 전에 그 범위를 벗어날 수 있었으리라.

"한 가지 더 알아두셔야 할 것은, 저들이 화총(火銃)을 사용한다는 것입니다. 온전한 상태라면 피하는 데 어려움이 없지만, 정신을 제압당하면 화총처럼 무서운 무기도 없지요."

"으음."

환술에 화총까지.

확실히 유건의 말대로 유의할 필요가 있었다.

만일 정신이 제압당하면 섭풍술도 온전히 펼칠 수 없을 것이기 때문이다.

뇌음사를 상대할 생각만으로 이곳에 온 관우로선 뜻밖의 일들을 만나자 약간은 어리둥절했다.

조금은 상황을 살피며 생각을 정리할 시간이 필요함을 느꼈지만, 주어진 시간이 얼마 남지 않았다. 자신이 이렇게 잠깐 망설이는 동안에도 진무영은 자신과의 거리를 좁히고 있을 것이다.

마음을 굳힌 관우는 유건에게 말했다.

"유 장로는 마을을 돌며 이곳에 있는 자들의 이목을 유 장로에게 돌려주시오. 잠시면 되는 일이니, 깊숙이 침투하진 말고 적당한 선에서 몸을 빼면 되오."

"알겠습니다. 맡겨주시지요."

유건은 관우의 말에 순순히 따랐다.

이미 관우의 능력이 어떠함을 본 그는 크게 걱정하지 않았다.

저들에 대해 이야기를 한 것도 단순히 참고를 하는 것이 도움이 될 듯하여 일러준 것뿐이었다.

이야기를 마친 둘은 그 즉시 양쪽으로 갈라졌다.

유건은 마을 어귀 쪽으로 내려갔고, 관우는 산줄기와 맞닿아 있는 마을의 후면으로 돌아갔다.

잠시 후.

한두 사람의 고성이 들리기 시작했고, 이내 고요하던 마을 전체가 들썩거렸다.

관우는 유건이 행동에 들어간 것을 확인한 후 즉각 마을 안으로 신형을 움직였다.

마을의 장정들이 곳곳에서 뛰쳐나오며 마을 입구 쪽으로 분주히 움직이는 모습이 보였지만, 그들 중 아무도 관우를 알아보는 자는 없었다.

바람으로 화한 관우는 그대로 유유히 마을 중앙에 있는 청진사로 향했다.

화강암과 대리석 등의 크고 화려한 재료들로 지어진 웅장한 건물의 모습이 눈앞에 들어왔다.

중앙의 둥근 지붕을 중심으로 건물 주변에는 청진교도들의 고유 복장을 한 자들 수십 명이 위치를 점한 채 경계를 하고 있었다.

그것을 본 관우는 살짝 눈살을 찌푸렸다.

마을에 침입자가 나타나면 청진사의 경계가 소홀해질 줄로 알았는데, 오히려 이곳의 경계가 더욱 삼엄해진 듯해 보였다.

이들이 평소 얼마나 이곳을 중하게 여기는 지를 고려치 못한 판단 착오인 것이다.

하지만 그렇다고 후회할 이유도, 필요도 없었다.

관우는 망설임없이 벽을 타고 청진사의 내부로 침투했다.

외곽 경계를 서던 교도들 또한 그들의 곁을 지나치는 관우의 기척을 감지해 내지 못했다.

그렇게 관우는 안뜰을 지나 좌측으로 뻗은 길을 따라 들어갔다. 유건이 일러준 바에 의하면, 그곳에 교도들을 이끄는 자의 거처가 있을 것이다.

그러나 관우는 순간 기이한 기분에 휩싸였다.

굳게 닫힌 문 앞.

그곳엔 짙은 수염을 기른 두 명의 사내가 서 있었다.

흰색 의복을 걸친 다른 교도들과는 달리 푸른빛의 천을 어깨에 두른 그들은 얼핏 보기에도 높은 지위에 있는 자들 같았다.

관우는 그들을 보자마자 놀라움을 금치 못하며 그대로 멈춰 섰다. 그들이 시선을 들어 정확히 자신이 있는 곳을 바라보고 있었던 것이다.

그들 또한 매우 당황하고 놀란 표정이었다.

이윽고 그들 중 일인의 입에서 천축어가 흘러나왔다. 하지만 관우로선 그의 말을 알아들을 수가 없었다.

그러자 그들은 또다시 알 수 없는 말들을 내뱉기 시작했다. 그것은 천축어가 아니었다. 빠르게 움직이는 입술 사이로 웅얼거리는 듯한 소리가 끝없이 흘러나왔다.

그 소리는 점차 크게 들려왔고 사방을 짓누르는 듯한 압력으로 변해 관우의 주변을 완전히 차단시키기에 이르렀다.

관우는 귓가에 그들의 음성이 왕왕거릴수록 눈앞에 작은 파동이 이는 것을 느꼈다. 머릿속이 차츰 멍해지며 정신이 흐트러졌다.

'이것이구나! 환술이란 것이…….'

두 사내의 입에서 흘러나오는 것은 어떤 주문과도 같은 것임을 관우는 알 수 있었다.

그사이 섭풍술이 풀리며 관우의 모습이 흐릿하게 드러나기 시작했다. 집중력을 잃은 탓이었다.

환술의 힘이 예상 밖으로 강함을 느낀 관우는 황급히 풍기와 대정기를 한꺼번에 돋웠다. 그러자 어지러움은 가시고 두 환술사의 모습이 또렷하게 보였다.

관우는 그 즉시 신형을 날렸다.

찰나지간 환술사들 앞에 이른 관우는 지체없이 검을 뽑아 그들의 심장을 노렸다.

하지만 그 순간 관우는 신음과 함께 검을 손에서 떨어뜨리고 말았다.

"크윽!"

관우는 고통스러운 듯 양손으로 머리를 감싸 쥐었다.

합장한 채 눈을 감은 두 환술사들의 입에선 사람의 음성이라고는 할 수 없을 정도의 괴상한 소리가 조금 전보다도 더욱 크게 흘러나오고 있었다.

그때였다.

타앙!

뒤쪽에서 고막을 울리는 요란한 폭음이 들려왔다.

'화총?!'

등골이 서늘함을 느낀 관우는 본능적으로 몸을 옆으로 틀었다.

퍽!

"윽!"

서늘한 뭔가가 오른쪽 허벅지를 파고들었다. 불로 지진 듯한 엄청난 통증이 그곳에서 느껴졌다.

무릎이 절로 꺾이며 신형이 무너졌지만 그로 인한 고통 덕분에 관우는 잠시나마 혼미한 정신을 추스를 수 있었다.

찰나지간 바닥에 떨어진 검을 집어 든 관우는 두 환술사의 가슴을 쾌속하게 찔렀다.

"허억……!"

헛바람을 삼킨 환술사들의 숨이 그대로 멎었다. 그와 동시에 그들의 입에서 흘러나오던 주문도 그쳤다.

가까스로 환술에서 벗어난 관우.

하지만 흩어졌던 정신을 추스를 여유 따윈 없었다.

탕! 탕! 타앙……!

화총의 발사음이 연달아 터져 나왔다.

관우는 피하지 않고 그 자리에서 풍기를 사방으로 폭사시켰다.

파앙!

갑자기 팽창된 바람에 주변 공간이 크게 요동쳤다. 건물 전체가 크게 흔들렸고, 발사된 탄환은 물론, 화총을 쏜 교도들 마저 맥없이 날아가 버렸다.

"으윽!"

비틀거리며 일어선 관우는 방금 전 충격으로 박살 난 문 안으로 천천히 걸음을 옮겼다.

안은 캄캄했다.

박살 난 문을 통해 스미는 빛이 아니면 육안으론 아무것도 식별치 못할 정도였다.

방의 좌우는 밀폐되었고, 천장은 오 장이 넘을 정도로 높았다.

관우는 걸음을 옮겨 방 안 깊숙이 들어갔다.

밖에서 스며든 빛이 끊긴 곳까지 이르자 다시 하나의 문이 나타났다. 그 문을 열고 들어서자 또 다른 방이 보였다. 이곳 역시 어두웠다.

칠흑 같은 어둠 속에서도 관우의 시선은 한곳에 고정되어 있었다.

관우는 볼 수 있었다, 방 전면에 작은 단이 하나 있으며, 그 단 위에 무릎을 꿇고 엎드린 한 인영이 있음을.

인영은 관우가 자신의 뒤에 섰음에도 미동조차 없었다. 무방비 상태로 기도하는 인영의 모습은 누구라도 제압할 수 있을 듯했다.

하지만 관우는 그럴 수 없었다. 인영의 전신에서 범접치 못할 무언가가 도사리고 있음을 안 까닭이다.

그것은 어떤 기운도, 기세도 아니었다. 자신이 지닌 순수한 자연의 기와 같은 것은 더더욱 아니다.

그랬다.

저것은 스스로 지니고 있거나, 스스로 내뿜는 것이 아니었다.

다른 존재로부터 주어진 것이었다. 관우로선 알 수 없는 존재.

'사람의 것이 아니다!'

인세에선 찾아볼 수 없는 존재…….

관우는 직감적으로 그것을 확신했다.

왜 그런 확신이 들었는지 알 수 없다. 그저 눈앞에 있는 인영을 둘러싼 무언가를 보자마자 든 생각이었다.

스윽.

드디어 인영이 움직였다.

인영은 무릎을 꿇은 채로 상체를 일으켰다. 관우는 인영의 뒷모습을 확인할 수 있었다.

긴 장옷을 입고 머리에는 기이한 문양이 새겨진 사각의 천을 덮어 끈으로 고정시켰다. 허리에는 띠를 둘렀고, 그 옆에 단도가 매달려 있었다. 단도는 온갖 보석으로 치장되어 있어 어둠 속에서도 그 빛을 잃지 않을 정도였다.

관우는 대번에 인영이 마을의 수령이자 이곳 청진사를 이끄는 자임을 알아챘다.

그때 인영에게서 갑작스레 음성이 흘러나왔다.

"감히 성스런 이곳에 피를 뿌리다니."

"……!"

관우는 적지 않게 놀랐다. 인영이 천축어가 아닌 한어로 말을 했기 때문이다. 그것도 조금의 어색함이 없는 완벽한 한어였다.

관우는 인영이 중원인이 아닐까 의심했다. 하지만 그 생각은 곧 깨졌다. 몸을 일으켜 돌아선 인영의 생김새는 천축인들의 그것이었던 것이다.

주름진 인영의 얼굴은 그의 연륜을 대신 말해줬다.

"당신이 이곳을 이끄는 자인가?"

관우는 확인하듯 물었다.

인영은 고개를 끄덕였다.

"그렇다. 나는 이곳의 이맘, '마흐무드'라고 한다."

자신을 마흐무드라 밝힌 인영은 관우를 지그시 응시했다.

관우는 그 순간 그에게서 느껴지던 무언가가 더욱 강렬해지는 것을 느꼈다.

"으음, 너는 보통 인간이 아니로구나!"

"……!"

"너는 악귀를 품고 있다! 네 속에 있는 악귀로 인해 천지가 요동할 것이다!"

마흐무드는 갑자기 흥분한 목소리로 말을 이었다.

"신께서 말씀하셨다! 네 속에 있는 악귀를 제압하여 세상을 고통에서 구하라고!"

관우는 그의 두 눈에 그림자가 드리워진 것을 보았다. 그의 눈빛이 아니었다. 그의 눈을 통해 다른 누군가가 자신을 바라보고 있었다.

'뭐지? 저들이 믿는다는 신인가?'

관우는 마흐무드가 자신을 향해 한 말에 충격을 받았다. 그가 자신 안에 있는 풍령의 존재를 알아차렸기 때문이다.

단지 보는 것만으로 풍령의 존재를 알아차린 자는 지금껏 마흐무드가 유일했다.

하지만 그는 풍령을 가리켜 악귀라고 했다. 그러나 자신이 보기에 정작 악귀에 들린 것은 그였다.

바로 그 순간,

'으음!'

관우는 어지러움을 느끼며 한차례 신형을 휘청거렸다.

눈을 감은 마흐무드가 돌연 두 팔을 하늘로 뻗더니 알 수 없는 말을 웅얼거리기 시작했다. 조금 전 두 환술사가 외던 주문과 비슷한 말이었지만, 그 위력은 전혀 달랐다.

"크악!"

아까하고는 비교할 수 없는 고통에 관우는 자신도 모르게 비명을 내질렀다.

그대로 바닥에 쓰러진 관우는 양손으로 머리를 움켜쥐며 몸부림쳤다.

어떻게든 정신을 놓지 않으려 발버둥을 쳐봤지만 역부족이었다. 마치 보이지 않는 손이 머릿속에 들어와 마구 헤집는 듯한 기분이었다.

그때였다.

마흐무드의 음성이 더욱 커지며 알 수 없는 힘이 온몸을 옥죄기 시작했다.

"끄아아아아악……!"

관우의 입에서 끔찍한 괴성이 터져 나왔다. 정신없이 바닥을 뒹굴던 관우는 마침내 전신을 부들부들 떨기 시작했다.

형용할 수 없는 끔찍한 고통 속에서 관우는 눈앞이 하얗게 변하는 것을 느꼈다.

그리고…….

'으으으……!'

하얀 공간 속에서 서서히 뭔가가 보였다.

그것은 거대한 벽이었다.

거대한 벽은 넘을 수도, 부술 수도 없어 보였다.

하지만 벽 너머에 무엇이 있는지는 알 것 같았다.

거기엔 다름 아닌 '내'가 있었다.

내 안에 꼭꼭 숨어 감춰져 있던 또 다른 '나'.

나는 '나'를 감춘 적이 없다. '나'는 내가 나를 알기 전부터 그곳에 감춰져 있었다.

'나' 는 진짜 나일 것이다.

나는 그렇게 믿었고, '나' 를 만나고 싶었다.

그러나 눈앞에 있는 벽 때문에 그럴 수 없었다.

누군가가 만들어놓은 벽이자, '나' 스스로가 견고히 붙들고 있던 벽.

절대 넘을 수도 없고, 부술 수도 없는…….

그런데 놀랍게도 그 벽이 지금 균열을 일으키고 있었다.

순간!

관우의 몸이 허공으로 떠올랐다.

경련을 일으키던 몸에서는 형체를 분간할 수 없는 투명한 것이 흘러나왔다.

마흐무드의 음성이 더욱 커지고 그의 전신이 세차게 흔들렸다.

그러던 어느 순간, 그는 눈을 번쩍 뜨며 허공에 떠 있는 관우를 향해 큰 소리로 부르짖었다.

"알라! 아크바르!"

순간, 검은 안개와 같은 것이 관우를 향해 몰려왔다. 마치 방 안을 가득 메우고 있던 어둠이 관우가 있는 곳으로 오그라드는 듯하였다.

순식간에 관우의 모습은 흑암에 가려졌고, 점차 그 형체가 흐려지기 시작했다.

이대로라면 곧 공간에서 완전히 사라져 버릴 것만 같았다.

그런데 바로 그때였다.

쉬쉬쉬쉯……!

흐릿해지던 관우의 몸에서 세찬 기류가 뿜어져 나오기 시작했다.

그것은 주위를 감쌌던 흑암을 차츰 걷어내더니, 곧 거대한 광풍이 되어 온 방 안에 휘몰아쳤다.

"크악!"

광풍의 거센 압력에 마흐무드의 온몸이 짓눌렸다.

광풍은 막대한 힘으로 방 안의 벽과 천장을 맥없이 무너뜨리고도 모자라 건물 전체로 뻗어나갔다.

파앙! 그그그그……!

마침내 청진사를 집어삼킨 광풍은 삽시간에 마을 전체를 휩쓸었다.

하지만 그러고도 광풍은 잦아들지 않았다. 마치 오랫동안 억눌려 왔던 분노를 폭발시키듯, 스치는 모든 것을 맹렬한 기세로 파괴했다.

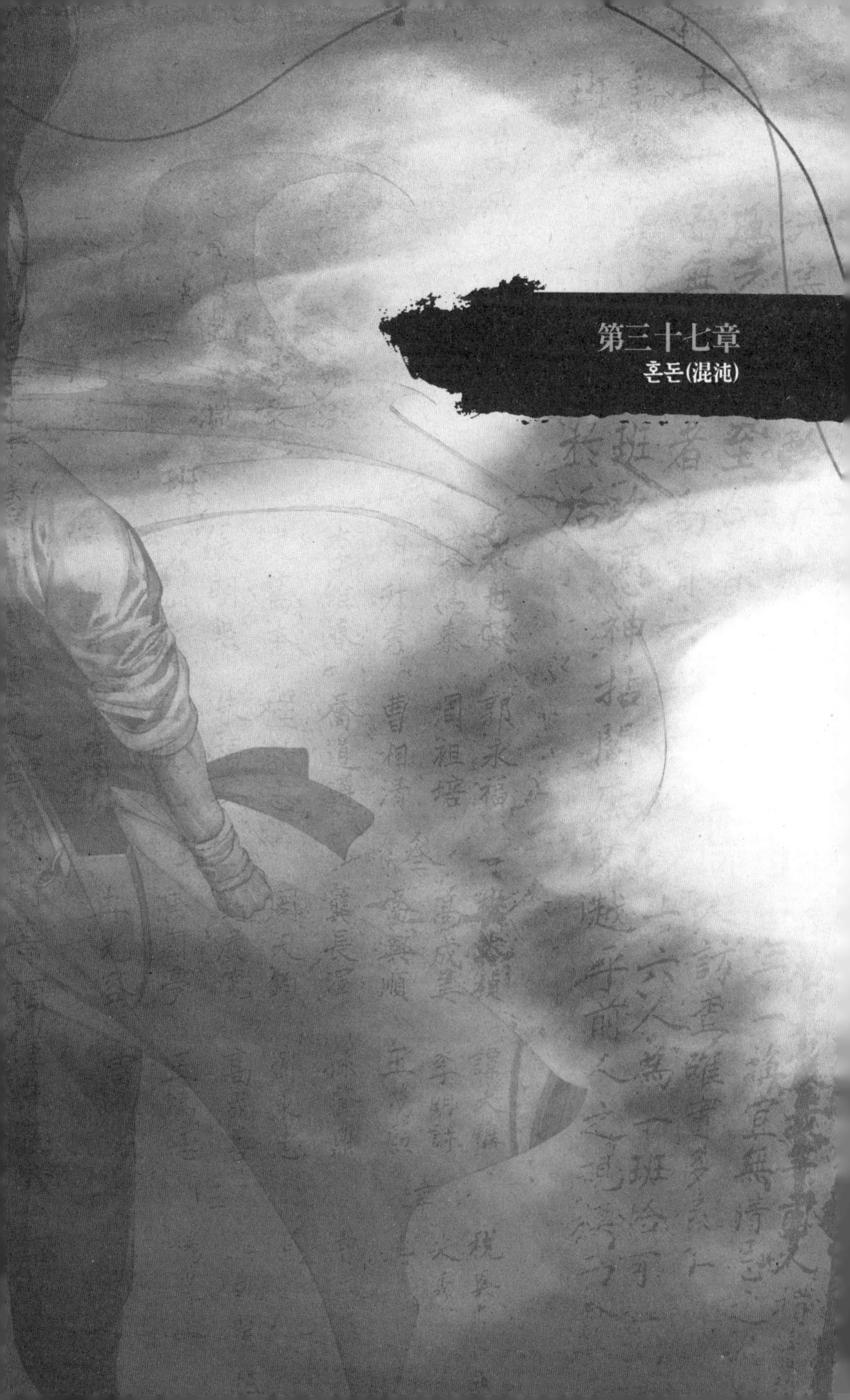

第三十七章
혼돈(混沌)

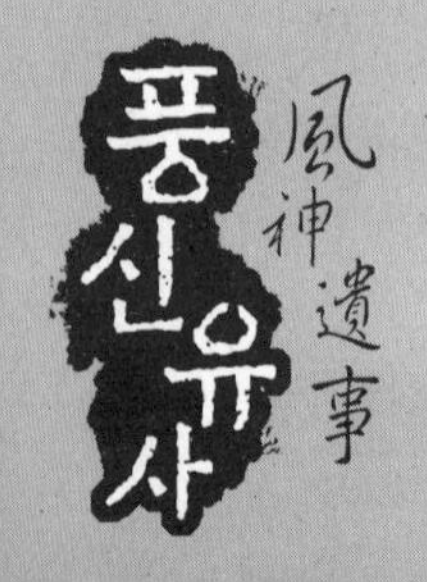
풍신유사
風神遺事

무더운 여름.

한 아이가 보인다.

아이는 뙤약볕 아래서 온 동네를 열심히 뛰어다니고 있었다.

다른 아이들은 이리저리 몰려다니며 함께 놀고 있는데, 이 아이는 그 아이들을 거들떠보지도 않는다.

땀으로 범벅된 얼굴로 가쁜 숨을 들이마시고 내쉬는 아이는 누가 봐도 지친 상태였다.

하지만 아이의 표정은 희열로 가득했다.

그러던 어느 순간 아이가 스륵 눈을 감았다. 그리곤 그대로 거품을 물고 바닥에 쓰러졌다.
이윽고 누군가 다가와 아이를 등에 업었다.
정신을 잃은 아이.
그 얼굴은 여전히 웃고 있었다.

화창한 봄.
다시 그 아이가 보였다.
조금 키가 자란 아이는 커다란 전각 지붕 위에 올라가 서 있었다.
양팔을 벌리고 지그시 눈을 감은 아이.
지붕 아래엔 많은 사람들이 아우성을 치고 있었다.
"교아, 이 녀석! 당장 내려오지 못하겠느냐!"
"도련님! 어서 내려오십시오! 그러다가 큰일 나십니다!"
하지만 사람들의 말소리가 아이의 귀엔 들리지 않는 듯했다.
잠시 후,
"안 돼! 안 된다! 교아야!"
"헛!"
"아아……!"
비명과 탄성 속에서 아이의 몸이 그대로 아래로 추락했다.
그러나 다행히 아이의 몸은 바닥에 떨어지기 전 누군가에 의해 받아졌다.

그 누군가는 전에 길에 쓰러져 정신을 잃은 아이를 업고 간 바로 그 사람이었다.

그의 품에 안긴 아이는 반은 넋이 나가고, 반은 들뜬 표정으로 허공을 향해 중얼거렸다.

"정말… 날 받아주었구나!"

눈보라가 몰아치는 추운 겨울이었다.

어느새 어른들의 가슴께까지 키가 자란 아이가 눈으로 뒤덮인 산길을 힘겹게 오르고 있었다.

한참이 걸려 산 중턱에 간신히 오른 아이는 숲을 벗어나 앞이 탁 트인 절벽 앞에 이르렀다.

아이는 살을 에는 한풍에 온몸을 오들오들 떨면서도 절벽 끝으로 걸어가 멈춰 섰다.

"나도… 너처럼 맘껏 허공에서 살고 싶어."

파리한 입술에서 나직한 음성이 흘러나왔다.

그리고 아이는 조금의 망설임도 없이 절벽 아래로 몸을 내던졌다.

양팔을 벌려 바람에 몸을 맡긴 아이는 온몸을 스치는 바람을 느끼며 얼굴 가득 황홀한 표정을 떠올렸다.

순식간에 아이는 절벽 밑으로 추락했고, 이번에도 어김없이 그런 아이의 몸을 허공에서 가로채는 자가 있었다.

그는 정신을 잃은 아이를 안고 문득 하늘을 올려다보았다.

하얀 눈송이가 하나둘 내려앉는 그의 얼굴에 떠오른 것은 원망과 슬픔이었다.

"떠나겠어요, 아버지."

항상 자신을 곁에서 지켜주던 자와 마주 앉은 아이는 그를 향해 입을 열었다.

그는 조금씩 사내로서 골격이 잡혀가기 시작한 아이를 한동안 말없이 바라봤다.

짧은 시간 그의 눈빛엔 수많은 감정이 떠올랐다가 사라지기를 반복했다.

무거운 침묵의 시간 끝에 드디어 그가 말했다.

"교아야, 정녕 바람을 찾아가려느냐?"

아이는 그를 바라보며 고개를 저었다.

"바람이 될 거예요."

"……."

둘은 서로의 눈을 바라본 채 움직일 줄을 몰랐다.

전보다 긴 침묵의 시간이 흘렀고, 다시 그의 입이 열렸다.

"이 아비가 네게 부탁한 것 세 가지를 명심하고 있겠지?"

"높은 곳에서 뛰어내리지 말 것, 하루에 두 시진 이상은 반드시 잠을 잘 것, 적어도 이틀에 한 끼 이상은 꼭 챙겨 먹을 것."

아이의 차분한 대답에 그는 고개를 끄덕였다.

"앞으로도 그 세 가지를 절대 어기지 않겠다고 약속할 수 있겠느냐?"

"꼭 지킬게요."

"네 이름이 무엇이냐?"

"성은 장, 이름은 부교."

"네 아비의 이름은 무엇이냐?"

"성은 장, 이름은 청 자, 원 자요."

"네 어미는?"

"성은 연, 이름은 정 자, 옥 자요."

"되었다. 평생 그것을 잊지 말고 살거라."

고개를 끄덕인 아이는 일어나 그에게 절을 하기 시작했다.

하직 인사를 올린 후 아이가 몸을 돌리자 차마 그 모습을 볼 수가 없는 듯 그는 조용히 눈을 감았다.

*　　*　　*

—네 이름이 무엇이냐?

환청처럼 귓가에 들리는 음성.

주마등처럼 스쳐 가는 잃어버렸던 지난 시간들.

'장부교… 그것이 내 이름이었던가!'

그렇게도 알고 싶었던 '나'를 드디어 되찾았다.

이름을 알게 되고 내 뿌리인 부모를 알게 됐다.

그런데… 그런데 기뻐할 수가 없다.

'장청원… 연정옥…….'

이게 다 무슨 말인가!

무슨 꿈이라도 꾸고 있단 말인가?

도대체 왜 진무영과 함께 찾아갔던 대리의 풍경이 떠오르며, 왜 그 집에서 보았던 자들 속에 어린 날의 자신이 섞여 있단 말인가!

아아……!

바람을 그토록 좋아했던 아이.

바람이 되기 위해 모든 것을 버렸던 아이.

그런 아이에게 하늘은 모진 운명을 예비했다.

어쩌면 바람에 미쳤던 것도 처음부터 하늘의 뜻이었는지 모른다. 자신이 그곳에 태어났던 것도 모두…….

하늘은 세상의 질서를 파괴하려는 무리들 중에서 태어난 자에게 제세의 사명을 부여했다.

이 얼마나 얄궂은 짓인가!

'나는 그저 하늘의 놀음에 놀아나는 꼭두각시였단 말인가?'

그랬다.

지금껏 잘도 놀아났다.

벅찬 사명을 감당하기 위해 마음을 졸이며 참 부단히도 애썼다.

그 사명 때문에 스승을 제 손으로 죽이는 일도 서슴없이 저질렀고, 구명의 은인을 죽음으로 몰아넣었으며, 사명 완수를 빙자하여 남의 무공을 얻기 위해 천축까지 건너와 많은 사람들을 죽이기까지 했다.

그것뿐인가?

저를 낳아준 아비도 몰라보고 칼을 겨눌 뻔하지 않았는가?

하늘은 스스로 만든 법도마저 거스르며 부모를 향해 칼을 겨누게 만드는가!

그것이 하늘이 세상을 구하는 방식이란 말인가!

'이건 말도 안 된다! 어찌 이런 일이……! 이럴 수는 없다! 이럴 수는……!'

하늘에 대한 원망이 거세지니 자신에 대한 저주가 절로 흘러나온다.

세상에 나면서부터 저주받은 인생!

평범한 삶을 단 한 번도 누리지 못한 채, 하늘이 정한 고약한 운명에 따라서 살아야만 했던!

한때는 미쳐 살았고, 한때는 고통 중에 살았고, 또 한때는 내가 누구인지도 모르고 살았고, 이젠 하늘을 원망하고 자신의 운명을 저주하며 살아야만 하는가!

'끄아아아아……!'

흐릿해지는 정신.

깊고 깊은 흑암 속으로 침전해 들어간 그것은 다시 모습을 감췄다.

*　　*　　*

"저! 저것이 대체 무엇이란 말인가?!"

대허는 지금 자신의 눈앞에서 벌어지는 참상을 보며 경악을 토해냈다.

불경에서 배운 아비규환을 현실에서 보고 있는 듯하였다.

나직이 불호를 외워보지만 절로 떨리는 손발이 그가 받은 충격의 정도를 대변했다.

대허는 속절없이 녹아내리는 무인들의 몸뚱이를 보며 한 마디를 내뱉었다.

"아… 악귀로다!"

그것이 마지막이었다.

검은 그림자는 이미 그의 지척에 이르러 있었다.

참상을 일으킨 장본인.

주변의 모든 것을 한 줌의 진물로 만들어 버린 존재를 바라보며 대허는 숨이 '턱!' 하고 막히는 것을 느꼈다.

눈앞의 존재로부터 뿜어져 나오는 흑색의 독무(毒霧)는 심후한 공력과 일신에 지닌 신공까지 단번에 무력하게 만들어 버렸다.

치이익……!

한 줄기 연기와 함께 대허의 육신이 사라지는 것은 순식간이었다.

비명 한 번 지르지 못하고 죽은 대허를 뒤로하고 검은 그림자는 유유히 다음 표적을 향해 이동했다.

남은 표적이라고 해봐야 고작 넷.

검은 그림자가 향하는 곳엔 삼남일녀가 있었다.

"무슨 저런 괴물이 다 있단 말이냐!"

포랍이 질린 얼굴로 한마디를 내뱉었다. 말을 하지 않을 뿐, 다른 삼 인의 표정도 그와 다르지 않았다.

"뭣들 하는 거죠? 다들 어서 피해요!"

모용란의 다급한 음성이 들려왔지만 모두 요지부동이었다.

"소용없는 짓이다. 피한다고 달라지는 것은 없다."

네 사람 중 가장 앞서 있던 소광륵이 가라앉은 음성으로 말했다.

이에 모용란은 아랫입술을 깨물며 자신의 곁에 선 위탕복을 바라봤다.

위탕복은 입을 굳게 다물고 있었다. 그는 평상시와 크게 다르지 않은 표정으로 서서히 다가오는 검은 그림자에게 두 눈을 고정시키고 있었다.

"위 참모, 이대로 맥없이 죽을 생각인가요?"

묻는 모용란의 음성은 재촉이 아니었다. 그녀 역시 피하는 건 늦었음을 잘 알고 있었다.

그녀의 음성엔 마지막으로 남은 희망이 담겨 있었다. 희망의 불씨가 꺼질지 유지될지는 이제 위탕복의 대답이 어떠하냐에 달려 있었다.

시선은 곧 들이닥칠 검은 그림자에 고정되어 있었지만, 모두의 귀는 위탕복에게 집중되었다.

숨을 두어 번 내쉴 만한 시간만큼의 침묵이 이어졌다.

평소라면 극히 짧은 시간이었지만 모용란을 비롯한 나머지 삼 인에게 있어서는 지금의 침묵이 그 어느 때보다도 길게 느껴지는 시간이었다.

이 짧고도 긴 시간 동안 위탕복의 머릿속엔 지난 열흘간의 일들과 더불어 수많은 생각이 스쳐 지나갔다.

보름 전 군무단을 이끌고 여산을 떠난 그는 계획대로 서쪽을 향해 움직였다. 최종 목적지는 곤명. 어떻게든 천축에서 돌아올 관우와 하루라도 빨리 재회할 생각에서였다.

그러나 여정은 험난했다. 수령문에 속한 문파들과 일전을 치르는 데만도 많은 심력을 소모했다.

더 이상 물러설 곳이 없으니 적진을 뚫고 후방으로 돌아가 압박을 하자는 구색을 갖추긴 했지만 결국은 그 과정에서 적지 않은 피를 보아야만 했다.

여전히 같은 무림인들을 향해 칼을 드는 것을 주저하는 단원들로 인해 그곳에서 더욱 시일을 지체할 수도 있었지만, 다행스럽게도 포랍의 활약으로 예상보다 빨리 저들을 후퇴시킬 수 있었다.

그렇게 여산을 벗어나 곤명을 향해 이동을 시작했지만, 정작 감당해야 할 적은 따로 있었다. 바로 군무단을 감시하는 광령문의 원사들이었다.

그들은 보이지 않는 곳에서 군무단을 지켜보고 있었다. 군무단의 행사에 간섭은 하지 않았지만, 조금이라도 이상한 낌새를 느낀다면 즉시 나타나 합당한 처단을 할 것이 분명했다.

이동을 시작한 지 열흘째, 바로 오늘 새벽의 일이었다.

군무단은 사천에 당도했고, 그때까지 별다른 움직임이 없던 광령문의 원사들이 드디어 모습을 드러냈다.

예상보다 조금 이르긴 했지만 당황하지 않고 미리 준비한 대로 청성을 치기 위해 온 것이라고 그들에게 둘러댔다.

청성은 수령문에 붙은 핵심 문파이고, 개인적으로 관우와도 사이가 좋지 못하니 의심을 피하기가 수월하리란 생각에서였다.

하지만 그들은 더 이상의 이동을 허락하지 않고 다시 중원으로 돌아가라는 지시를 내렸다. 군무단주인 관우가 오기까지 중원을 벗어나서는 안 된다는 게 그 이유였다.

이럴 수도 저럴 수도 없는 난감한 상황이었지만, 그것으로 고민할 만한 여유 따윈 없었다. 그 누구도 생각지 못한 엄청난 일이 곧장 벌어졌기 때문이다.

돌연 하나의 검은 그림자가 나타났다.

그것은 형체를 알아볼 수 없을 정도의 검은 안개를 뿜어내며 광령문의 원사 다섯을 향해 표홀히 다가섰다.

가장 가까이 있던 원사 일인이 당황한 나머지 제대로 손도 써보지 못한 채 당했다.

검은 안개에 닿자마자 몸이 촛농처럼 녹아내리는 장면은 모두를 경악케 했다.

그 후로 검은 그림자와 남은 원사들 간에 치열한 싸움이 이어졌다.

휘황찬란한 빛이 난무하고 사방으로 독무가 뿌려졌다.

빛은 독무를 뚫고 검은 그림자에게 직접 타격을 줬지만 그때마다 검은 그림자는 잠시 주춤거릴 뿐, 이내 원사들을 향해 한결같이 독무를 흩뿌렸다.

독무에 노출되는 횟수가 더해갈수록 원사들의 표정이 굳어져 갔다. 그들의 움직임과 그들이 발하는 빛의 강도 또한 달라졌다.

그리곤 한 명씩 한 명씩, 먼젓번의 원사처럼 온몸이 녹아내리며 최후를 맞이했다.

고작 반 시진…….

무려 다섯이나 되는 광령문의 원사들이 고혼이 되는 데 걸린 시간이었다.

그들 한둘만으로도 군무단 전체를 상대함에 모자람이 없

을 것이다. 그런 그들이 단 하나의 존재에 의해 제거되어 버렸다. 정체를 알 수 없는… 가공스런 존재…….

검은 그림자는 광령문의 원사들을 모두 제거하자마자 뒤쪽에 서 있던 군무단을 향해서도 독무를 뿜어대며 달려들었다. 그것이 바로 지금 일어난 참상의 시작이었다.

광령문의 원사들마저 해치운 존재다. 무림인들로 구성된 군무단이 상대할 수 있을 리 만무했다.

일각도 안 되어 삼백 명이 몰살당했다. 검은 그림자는 공포에 질려 본능적으로 달아나는 자들마저 가차없이 죽여 버렸다.

'독무… 저것이었어.'

당가가 숨죽여 가며 준비한 것.

근래 들어 자꾸만 자신의 마음을 불안하게 만들었던 것.

위탕복은 피아를 구분하지 않고 닥치는 대로 죽이는 검은 그림자를 바라보며 고리눈을 떴다.

'완벽한 독인… 막을 방도가 없다. 하지만…….'

여기서 끝은 아니다.

검은 그림자가 지척에 다가선 이 순간에도 그는 확신했다, 이곳에서 살아나갈 것임을. 그의 꿈은 여기서 그치지 않았던 것이다.

바로 그 순간 무언가를 확인한 그의 입이 열렸다.

"독수리가 살아 있는 한 호랑이들은 무사할 거요."

그리고 그와 동시에 모두의 귀에 들려온 낭랑한 음성.

"아버지! 멈추세요!"

모두가 놀라며 음성의 주인공을 확인했다.

한 여인이 위탕복 등과 검은 그림자 사이를 파고들었다.

여인이 앞을 막아서자 놀랍게도 검은 그림자가 멈칫거렸다.

"아, 아버지라니?"

포랍이 눈을 치뜨며 여인과 검은 그림자를 번갈아 쳐다보았다.

그가 놀라는 것은 당연했다. 여인은 다름 아닌 당하연이었기 때문이다.

위탕복이 모두를 대표해서 차분한 음성으로 물었다.

"당 소저, 저자가 소저의 부친이 확실하오?"

당하연은 돌아보지 않은 채 작게 고개를 끄덕였다.

"그래요. 이분은 제 아버지예요."

"허! 당가가 기어이 마물(魔物)을 만들어내고야 말았구나!"

소광륵이 한탄인지 경악인지 모를 말을 토해냈고, 다른 이들도 하나같이 탄성을 터뜨렸다.

하지만 당하연은 그러한 반응들을 무시한 채 가라앉은 목소리로 말을 이었다.

"긴 이야기를 할 여유가 없으니, 모두들 어서 피하도록 해요."

"으으으……!"

검은 그림자로부터 기괴한 울음소리가 흘러나왔다. 주위에 있는 독무가 갈피를 잡지 못하고 요동쳤다.

넋을 잃고 그 모습을 바라보는 단원들을 향해 당하연은 재우쳐 말했다.

"제 말이 안 들리나요? 어서 피하라고요! 어서!"

그러면서 그녀는 더욱 굳은 표정으로 검은 그림자를 향해 한 걸음을 내디뎠다. 절대 비키지 않으리란 자신의 뜻을 검은 그림자를 향해 선언하는 듯한 움직임이었다.

위탕복은 비록 짧은 순간이었지만 대강의 정황을 파악하고 모두를 향해 입을 열었다.

"당 소저의 말대로 서둘러 자리를 뜹시다. 더 지체하다간 모두가 위험해질 거요."

"하지만!"

위탕복과 눈이 마주친 모용란이 슬쩍 당하연의 뒷모습을 일별했다.

모용란이 무엇을 말하려는지 알아챈 위탕복은 당하연을 향해 다급히 말했다.

"소저, 우리는 운남으로 갈 것이오. 다시 볼 수 있겠소?"

"장담할 수 없어요."

"낙산 초입에서 모레 미시까지 기다리겠소."

"……."

더 이상 대답은 없었다. 위탕복 또한 대답을 기다리지 않고 그대로 몸을 날렸다.

그들이 사라지자 검은 그림자는 더욱 날뛰기 시작했다. 당장에라도 뒤를 쫓을 듯 꾸역꾸역 독무를 피워 올렸다.

"제발! 아버지! 제발……!"

당하연은 처절한 고성을 내지르며 오히려 검은 그림자를 향해 달려들었다. 이에 크게 당황한 듯 검은 그림자가 성큼 뒤로 물러섰다.

"끄어어어어……!"

검은 그림자가 다시 한 번 세차게 울부짖었다. 분노와 서글픔이 담긴 괴성이 사방을 떨어 울렸다.

낙산에 당도한 위탕복 등 남은 군무단원 네 사람은 근방의 숲에서 하룻밤 노숙을 하였다.

능운산(凌雲山) 자락을 끼고 대도하와 청의강의 물줄기가 도도히 흐르는 가운데, 멀리 거대한 석불의 머리 위로 태양이 떠오르고 있었다.

"사기꾼, 여기서 이렇게 팔자 좋게 앉아 있어도 되는 거냐?"

능운대불(凌雲大佛)과 어우러진 장관을 바라보던 포랍이 위탕복이 있는 곳을 슬쩍 쳐다보며 입을 열었다.

이에 위탕복은 대답 대신 곁에 서 있던 모용란을 향해 물었다.

"요희는 어떻게 생각하오?"

그러자 모용란은 알 듯 모를 듯한 미소를 머금으며 포랍을 바라봤다.

"철탑 대협께선 두려우신가요?"

"두렵다니? 뭘 두려워한단 말이오?"

포랍은 치뜬 두 눈을 끔뻑이며 되물었다.

"당장에라도 그 괴인이 나타나 우리 모두를 녹여 버릴까 봐 두려우신 건 아닌가요?"

"그게 무슨 말이오! 그깟 괴물 같은 놈 따위가 아무리 강하다 한들 눈 하나 깜짝할 듯싶소? 내 한순간이라도 죽음을 두려워한다면 저 사기꾼 같은 놈의 자식이오!"

"훗……."

펄쩍 뛰는 포랍의 모습이 귀여운지 모용란은 작게 웃음 지었다.

"역시 그렇죠? 천하의 철탑 대협께서 죽음 따위를 두려워하실 리는 없겠죠."

"크허험!"

"아무튼 제가 생각하기엔 안심하셔도 될 듯해요. 적어도 당분간은 우릴 쫓는 자들은 없을 테니까요."

"어째서 그렇소?"

발끈했던 포랍은 모용란의 말에 귀를 쫑긋거리며 관심을

보였다.

그런 그의 단순함에 내심 실소한 모용란이 다시 입을 열었다.

“철탑 대협의 말씀대로 ‘괴물’이 나타났기 때문이에요. 군무단이 거의 전멸된 것은 차치하고라도 무려 다섯이나 되는 광령문도가 죽었어요. 모두가 놀랄 일이지만, 당사자들에겐 더한 충격이겠죠.”

“흐음, 그렇긴 하겠지만 그게 우리와 무슨 상관이란 말이오?”

“아주 큰 상관이 있어요. 갑작스레 나타난 그 괴인에 대하여 모두의 관심이 집중될 것은 자명한 일, 그로 인해 우리에 대한 관심은 소홀해질 수밖에 없으니까요.”

“음, 듣고 보니 그럴 것도 같군.”

그녀의 말에 포랍이 고개를 끄덕이며 금세 수긍하자 그때까지 잠자코 듣고 있던 소광륵이 나섰다.

“놈들이 그처럼 호락호락하게 우릴 대하겠느냐?”

모용란은 당연한 의문이라는 듯 고개를 끄덕이며 즉각 대답했다.

“기실 군무단에 대한 감시는 전적으로 단주님에 대한 감시 차원에서 이루어진 일이라고 해도 무방하죠. 단주님이 없는 지금 우리에 대한 감시는 단주님과의 연락과 우리의 움직임을 통제하는 데 국한되었을 거예요. 즉, 단주님이 이곳에 계신다면 문제가 달라지지만, 함께 계시지 않는 지금 우리에 대한 감시는 광령문으로선 크게 염두에 둘 사안이 아닐 거란 뜻이에요."

"그만큼 그 괴인의 등장에 놈들이 크게 당황했을 거란 말이냐?"

"물론이에요. 게다가 지금은 실질적 책임자인 소문주마저 자리를 비운 상황이니, 예상치 못한 변수에 적잖이 고심하고 있을 거예요."

"광령문이 아닌 두 곳은 어떻겠느냐? 놈들도 우리를 좇지 않을 것 같으냐?"

"그들의 상황도 광령문과 별반 다르진 않을 거예요. 괴인의 등장으로 직접적인 피해를 본 곳은 광령문이지만, 광령문의 원사들이 속절없이 당했다는 건, 곧 그들 또한 동일한 상황에 직면할 수 있다는 반증이니까요. 그리고 더욱 중요한 사실은 괴인의 정체가 바로 당가의 비밀 병기라는 사실이에요. 저들의 정보력이라면 이미 그 사실을 알아챘을 터, 당장 우리에게 신경을 쓸 여력 따윈 없을 거예요."

거기까지 이어진 설명을 듣고 고개를 끄덕이던 소광륵은 잠시 침묵한 후 다시 물었다.

"하면 이제 우린 어찌해야 하겠느냐?"

"그에 대한 대답은 제가 아니라 위 참모께서 해주셔야 할 듯하군요."

모용란은 위탕복이 자신에게 그러했던 것처럼 눈길을 그에게로 돌렸다. 마치 지금까지 자신이 한 말들이 어떠했느냐고 묻는 듯해 보였다.

그러한 의미를 알고 있는 위탕복은 한차례 볼을 씰룩이곤 입을 열었다.

"패마께서 걱정하시는 것이 무엇인지 잘 압니다. 하나 상황이 달라졌다고 우리의 계획이 변하는 것은 아닙니다. 지금까지 벌어진 모든 문제들의 해결책은 본래부터 오직 한 분, 단주님의 손에 달려 있던 것이니까요."

"그럼 계획대로 서둘러 주군을 만나뵙기 위해 운남으로 이동하는 것이냐?"

소광륵은 관우를 한결같이 단주님이 아닌 주군이라 불렀다. 하지만 이제는 익숙한 그의 말에 더 이상 신경을 쓰는 사람은 없었다.

"사실 어제까지만 해도 아예 천축까지 건너가 단주님을 찾고 싶은 심정이었습니다. 하나 굳이 그렇게까지 할 필요는 없을 것 같습니다."

"그게 무슨 말이냐? 밤사이에 생각이 바뀌었다는 말이냐?"

묻는 소광륵과 나머지 두 사람의 시선이 의문을 담은 채 위탕복을 향했다.

"오늘 내로 단주님의 소식이 당도할 겁니다."

"……?!"

모두의 눈이 커졌다. 특히 모용란은 의미심장한 표정이 되어 위탕복을 쳐다봤다.

"그 말인즉, 본 문을 통해 제게로 단주님의 소식이 전해진다는 말인가요?"

"아마도 그럴 거요. 단주님이 직접 오시진 않을 테니 말이오."

그 말에 소광륵이 즉각 물었다.

"그렇다면 주군이 무사하신 것은 확실하다는 말이냐?"

위탕복은 고개를 저었다.

"무사 여부는 저로서도 장담하기 어렵습니다. 다만 아직 살아계신 것만은 확실합니다."

"흥!"

크게 콧방귀를 뀐 포랍이 돌연 언성을 높였다.

"지금 다들 저 사기꾼 같은 놈의 말을 곧이곧대로 믿는 겁니까? 도대체 저놈이 뭐라고 저놈의 입에서 나오는 말을 믿으려 하는… 음?"

말을 하다 말고 포랍이 고리눈을 뜨며 대부를 꺼내 들었다.

그뿐만 아니라 소광륵도 잔뜩 경계 태세를 갖추었다. 무언가가 빠르게 다가오고 있었다.

"안심하세요. 본 문의 사람이에요."

모용란의 음성이 들리고 잠시 뒤, 한줄기 인영이 그들 앞에 나타났다.

"태모님을 뵙습니다."

왜소한 체구의 중년인이 모용란을 향해 장읍을 취했다. 그는 다름 아닌 천축에서 관우를 안내했던 하오문의 장로, 비천서 유건이었다.

第三十八章
백치(白痴)

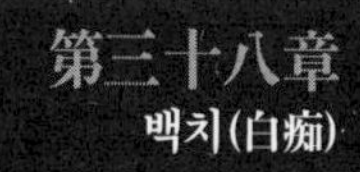

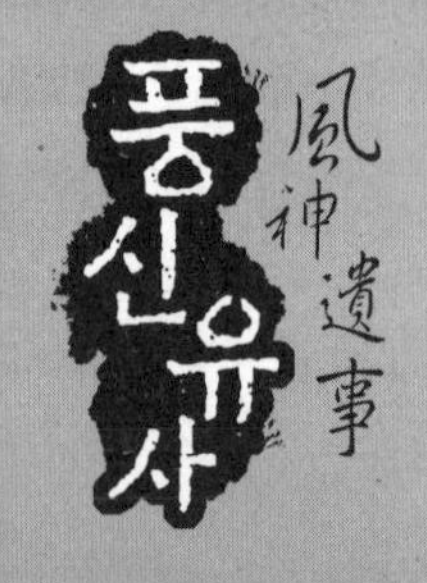
풍신유사
風神遺事

모용란은 유건의 등장에 놀란 기색을 드러냈다.

천축에 있어야 할 유건이 아무런 기별 없이 갑작스레 나타났기 때문이다.

하오문의 모든 정보 전달은 일정한 체계를 따르게 되어 있다. 천축에서 유건이 보내오는 정보도 그런 체계에 따라 그녀에게 전달되어 왔다.

그에 따른다면 유건이 천축을 벗어나 이곳으로 오고 있다는 사실을 그녀가 미리 알고 있었어야 하는데 그렇지 못했던 것이다.

그렇다면 까닭은 하나밖에 없다.

극단적 예외 상황.

장로인 유건 스스로의 판단에 따라 독자적으로 움직일 수밖에 없었던 다급한 상황이 있었다는 뜻이리라.

모용란은 눈앞에 선 유건을 바라보며 조심스럽게 입을 열었다.

"유 장로께서 여기까지 직접 오시다니, 대체 무슨 일이죠?"

고개를 든 유건은 대답 대신 주위에 있는 위탕복 등을 한차례 살폈다.

"함께 그분을 따르는 자들이니 유 장로께선 경계하지 않으셔도 돼요."

모용란의 말에 유건은 다시 한차례 목례를 취하더니 곧 품 안에서 뭔가를 꺼내 들었다.

"먼저 이것을 받으십시오."

그가 꺼낸 것은 낡은 서책 한 권이었다.

"이것은……?"

유건으로부터 서책을 건네받은 모용란은 두 눈에서 이채를 발했다. 짐승의 가죽으로 된 겉장에 씌어 있는 것은 분명 천축어였다.

"찾으시던 뇌음사의 만유반야대선공입니다."

"으음!"

침음인지 탄성인지 모를 소리가 모두의 입에서 동시에 흘러나왔다.

하지만 곧 네 사람의 눈엔 의혹이 떠올랐다.

"한데 어째서 이것을 유 장로 홀로 가져오신 거죠?"

모두의 의혹을 대변하듯 모용란이 물었고, 순간 유건의 얼굴에 살짝 그늘이 드리워졌다.

"만유반야대선공은 무너진 건물 더미 속에서 찾아내어 가져온 것입니다."

"무너진 건물 더미라니? 그게 무슨 말이죠? 아니, 그보다 단주님은 지금 어디에 계신가요?"

모용란은 약간 상기된 표정으로 재우쳐 물었다.

"저와 함께 가셨던 귀인께선 난리 중에 사라지셨습니다."

"……!"

순간 모용란의 눈썹 끝이 절로 꿈틀거렸다.

짧은 시간 그녀가 침묵하는 사이 옆에서 고성이 터져 나왔다.

"사라지다니? 그게 무슨 말이오! 단주님이 죽기라도 했단 말이오!"

"그것은……."

격앙된 포랍의 음성에 유건이 곤란한 표정을 짓자 위탕복이 슬쩍 앞으로 나서며 입을 열었다.

"군무단의 참모 직을 맡고 있는 위탕복이오. 본 단의 단주님과 관련된 일에 대한 자초지종을 차근히 말씀해 주실 수 있겠소?"

차분한 그의 목소리와 태도를 대한 유건은 곧 고개를 끄덕였다.

"그러지요."

그리곤 그는 관우가 자신을 찾아왔던 일부터 시작하여 청진교도들에 의해 뇌음사가 무너진 일, 만유반야대선공을 찾기 위해 관우와 함께 청진교도들의 마을까지 찾아간 일 등을 소상히 이야기해 주었다.

"그렇게 귀인께서 마을로 들어간 뒤 곧 화총 소리가 몇 번 들렸고, 얼마 후 큰 폭발이 일어나 마을 전체를 집어삼켰습니다. 가히 하늘이 무너지는 듯했습니다. 지금껏 보지도, 듣지도 못한 거대한 폭발이었습니다."

마지막 유건의 음성은 언뜻 떨리는 듯했다.

그의 말을 다 듣고 난 소광륵이 한층 어두워진 얼굴로 유건을 향해 물었다.

"그 폭발 이후 주군께서 사라지셨다는 말이냐?"

암암리에 뿜어져 나오는 그의 기세에 유건은 내심 긴장하면서도 차분하게 대답했다.

"마을의 크기는 동서로 일 리가 넘었습니다. 그러한 마을 전체가 형체도 없이 사라져 버렸습니다. 폭발 후 폐허 속을 수차례나 뒤졌으나 발견한 것은 만유반야대선공뿐, 귀인의 생사는 확인할 길이 없었습니다."

"으음……!"

소광륵은 침음을 삼켰다. 그의 미간에 깊게 골이 파였다. 그러던 그의 시선이 위탕복을 향했다.

"너는 분명 주군께서 살아 계신다고 하였다. 맞느냐?"

위탕복은 조금의 망설임도 없이 고개를 끄덕였다.

"그렇습니다."

"그렇다면 주군께선 아직 천축에 계신 것이 아니냐?"

"그건 확실하지 않습니다. 이미 시일도 많이 지나 그사이 무슨 일이 있었을지는 알 길이 없기 때문입니다."

"으음."

소광륵이 다시금 침음하며 생각에 잠길 찰나, 포랍이 끼어들었다.

"여기서 그런 것들을 따져서 뭐 합니까! 지금 당장 단주님을 찾으러 천축으로 건너가면 되지 않습니까!"

포랍은 그러면서 유건에게 성큼 다가갔다.

"단주님과 함께 갔다는 그 마을로 어서 우릴 안내하시오!"

"……!"

당황한 유건은 모용란을 쳐다봤다. 하지만 그녀의 시선은 소광륵을 향하고 있었다. 다른 때 같으면 소광륵이 포랍의 성급한 언행을 알아서 막아줬기 때문이다.

그런데 이번만은 달랐다. 소광륵은 별다른 제지를 하지 않았다. 이는 곧 포랍의 말에 대한 무언의 동의였다. 이에 모용란은 나서지 않을 수 없었다.

"그건 안 될 말이에요."

자신의 의견에 반대하며 나서는 그녀를 보고 포랍은 두 눈을 치떴다.

"요희, 그게 무슨 말이오? 단주님의 생사가 불명한데 그냥 이대로 손 놓고 있자는 말이오?"

모용란은 고개를 살며시 저었다.

"철탑 대협의 말씀은 잘못되었어요. 우선 단주님께선 생사가 불명하신 것이 아니라 분명 살아 계세요."

"그, 그거야……."

뭐라 반박하려던 포랍은 틈을 주지 않는 모용란에 의해 다시 입을 닫아야 했다.

"그리고 지금부터 우리는 단주님을 찾기 위해 천축으로 가는 대신 다른 일을 해야 해요."

"다른 일을 해야 한다니? 대체 무슨 일을 한다는 거요?"

"철탑 대협은 단주님께서 천축으로 떠나신 까닭을 잊으신 건가요?"

"그건… 뇌음사의 무공을 얻어 그것을 우리에게 익히게 하려고……. 음?"

그제야 뭔가에 생각이 이른 포랍이 모용란의 손에 들린 서책에 시선을 고정시켰다.

"설마 그것을……?"

모용란은 고개를 끄덕였다.

"맞아요. 비록 단주님께서 아직 돌아오시진 않았지만, 처음의 목적이었던 만유반야대선공을 얻었으니 우리는 지금부터 이것을 익히는 데 전력을 다해야 함이 옳아요. 그것이 단주님의 뜻이자 지금 우리가 취할 수 있는 최선의 행동이라고 생각하는데, 패마께선 어떻게 생각하시나요?"

"……."

소광륵은 즉각 대답하지 않았다. 대신 빳빳한 턱수염을 쓸어내리며 생각에 잠겼다.

이윽고 입을 연 그의 눈이 향한 곳은 위탕복 쪽이었다.

"너 역시 저 아이와 같은 생각이냐?"

"요희의 말대로 그것이 최선의 방법입니다."

마치 자신에게 물을 줄 예상했다는 듯 곧바로 대답한 위탕복은 한마디를 덧붙였다.

"하나 만유반야대선공을 익히는 것이 그리 수월치는 않을 겁니다."

"수월치가 않다?"

"그렇습니다. 단주님께서 굳이 뇌음사의 무공을 얻으려 하신 이유를 다들 알고 계실 겁니다."

"물론이다. 술법에 대항하기 위해서는 영력이 담겨 있는 무공이 필요하다 하셨고, 그러한 무공 중 하나가 바로 이 아이의 손에 들려 있는 만유반야대선공이라 하셨지. 한데 너는 지금 이 무공이 어떠한 것인지 살펴보지도 않고 익히기가 쉽지 않다고 말하는 것이냐?"

소광륵의 어조에는 약간의 노기가 묻어 있었다.

심오한 무리(武理)를 담고 있는 만유반야대선공이라곤 하지만 역시 무공의 극의를 깨우친 자로서 자존심이 상할 수밖에 없었던 것이다.

그러한 그의 심정을 모를 리 없는 위탕복은 보다 조심스런 어조로 대답했다.

"제가 수월치 않을 거라고 말씀드린 이유는 단주님께서 직접 제게 그렇게 말씀을 하신 바가 있기 때문입니다."

"주군께서 직접 말이냐?"

소광륵은 물론이고, 모두가 놀란 표정이 되었다. 자신들은 그런 말을 들은 적이 없었기 때문이다.

의문을 해소시켜 주듯 위탕복이 말을 이었다.

"단주님께선 떠나시기 전에 막사로 찾아간 제게 한 가지 당부를 하셨습니다. 그것은 만일 기한 내에 단주님께서 천축에서 돌아오지 못할 경우에 대한 것이었지요."

"으음."

동시에 침음이 흘러나왔다. 만일의 사태까지 염두에 두고 떠난 관우의 모습이 모두의 머릿속에 떠오르는 순간이었다.

하지만 그 와중에도 모용란은 위탕복을 보며 두 눈을 반짝였다. 그녀는 관우가 떠나기 전에 먼저 관우의 막사를 찾아갔다는 위탕복의 말을 흘려듣지 않았다.

그녀는 위탕복이 관우에게 만일의 사태에 대한 방침을 먼저 요구했을 거라고 믿었다. 그리고 만약 그녀의 확신대로라면 위탕복은 이미 사태가 지금과 같이 될 줄을 어렴풋이나마 내다보고 있었을 가능성이 컸다. 바로 그것이 그녀는 놀라울 수밖에 없는 것이다.

위탕복은 모두의 시선을 담담히 받아내며 이야기를 계속했다.

"우선 단주님께선 만일의 경우 저희가 은신할 곳을 일러주셨습니다."

"그곳이 어디냐?"

"성도 근방에 있는 완화초당입니다. 예전에 단주님께서 수련하시던 곳이 그곳에 있다 하셨습니다. 본래는 특수한 진이 설치되어 있어 출입이 불가능하지만, 단주님께서 그곳을 나오실 때 한 곳을 개폐할 수 있도록 해놓으셨다 합니다."

"하면 만유반야대선공을 얻지 못했다면 그곳에 들어가 주군이 오실 때까지 몸을 숨기고 있어야만 했단 말이냐?"

"아닙니다. 단주님께선 만유반야대선공을 끝내 얻지 못할 것을 대비하여 저희가 익힐 무공을 제게 맡기고 떠나셨습니다. 바로 이것이지요."

위탕복의 품속에서 한 권의 책자가 나왔다.

그것을 본 소광륵이 중얼거렸다.

"무계심결심해?"

위탕복은 고개를 끄덕였다.

"천문의 무공입니다. 단주님께서 익히신 무공이기도 하지요."

"아니, 단주님께선 그런 무공을 갖고 계시면서 왜 굳이 멀리 있는 뇌음사의 무공을 얻으려고 하셨단 말이냐!"

포랍이었다.

그는 도무지 이해가 되지 않는다는 듯 두 눈썹을 들썩거렸다

위탕복은 그런 그를 일별하곤 다시 모두를 향해 말했다.

"본래 이것은 밖으로 알려져서는 안 되는 무공입니다. 천문과도 이것을 유출시키지 않겠다는 암묵적인 약조가 있었다고 합니다."

"이 급한 판국에 그까짓 약조가 무슨 대수라고! 이렇게 사서 고생을! 크으!"

또다시 포랍이 언성을 높였지만 위탕복은 상관 않고 말을 이었다.

"하지만 단주님께서 이것을 저희에게 주시지 않은 것은 꼭 약조 때문만은 아닙니다."

"뭐 다른 이유가 있단 말이냐?"

"단주님께서는 어떠한 식으로든 천문과의 인연이 지속되는 것을 원치 않으셨습니다. 아시다시피 천문은 단주님과 뜻

이 맞지 않아 노선을 달리하였지요."

"오호라! 천문이 배신을 하고 떠났으니 놈들의 무공을 우리에게 익히게 하기 싫으셨다, 이거군! 암! 당연히 그래야지! 배신을 때린 놈들의 무공을 수하들에게 익히게 해선 안 되지! 그렇고 말고!"

포랍은 각진 머리를 앞뒤로 흔들며 주먹을 움켜쥐었다.

그 모습을 한심하게 바라보던 소광륵이 곧 위탕복을 향해 입을 열었다.

"지금 이 철두가 지껄인 대로 주군께서 말씀하시지는 않았을 터, 너는 혹시 확실한 까닭을 알고 있느냐?"

"속내를 말씀하시지 않아 정확한 것은 모릅니다. 다만 추측하건대, 남은 사명의 길을 스스로 결정해 나가시고자 함이 아닐까 합니다."

"으음."

위탕복의 말은 한편으론 이해가 되면서도 또 한편으론 이해하기가 어려웠다. 하지만 소광륵은 그에 대하여는 더 이상 묻지 않고 화제를 다시 본론으로 돌렸다.

"하면 이제 그 천문의 무공은 어찌할 생각이냐? 우리가 구하던 만유반야대선공이 수중에 들어왔으니 그것은 더 이상 필요없게 된 것이 아니냐?"

그의 질문에 위탕복은 한차례 볼을 실룩이며 대답했다.

"패마의 말대로 이것은 더 이상 필요가 없습니다. 하여 이것에 대한 처리는 여기 이 친구에게 맡기고자 합니다."

위탕복은 돌연 손에 든 책자를 포랍에게 넘겼다.

얼떨결에 책자를 받아 든 포랍은 두 눈을 부릅뜨며 물었다.

"사기꾼, 무슨 수작을 부리려는 것이냐?"

위탕복의 볼이 또 한 번 실룩였다.

"수작을 부리는 것이 아니라, 더 이상 그것이 필요없게 되었으니 나대신 처리를 좀 부탁한 것이 아니오?"

"그러니까 이걸 나더러 처리하란 말이냐?"

"배신자들의 무공 아니오?"

"그래서?"

"배신자의 물건을 보면 어떻게 하고 싶소?"

"당장에 깡그리 불태워 없애야지!"

"바로 그거요."

"……?!"

드디어 말귀를 알아먹은 포랍이 책자와 위탕복을 번갈아 쳐다봤다.

"그러니까 이걸 불태워 없애라, 이 말이냐, 지금?"

위탕복은 커다란 눈망울에 웃음을 담았다.

"알다시피 나는 그것을 불태울 만한 능력이 없질 않소?"

"오호라! 그 말이렸다? 흐흐흐!"

음산한 웃음을 머금던 포랍.

순간 그의 손에 들려 있던 책자에서 불꽃이 치솟았다.

화르르!

순식간에 재로 화해 버린 책자를 보며 포랍은 흡족하게 웃었다.

"사기꾼, 간만에 마음에 드는 짓을 다 하는구나. 흐흐!"

"마음에 든다니 다행이오."

"그럼 이제 단주님께서 수련을 했다는 그곳으로 가면 되겠구나! 자! 뭘 꾸물거립니까? 어서 갑시다!"

하지만 그때, 당장 자리를 박차려는 포랍을 소광륵이 붙잡았다.

"촐싹대지 말고 가만히 좀 있거라, 이 철두 녀석!"

"아니, 왜 또 그러십니까? 이제 들을 얘긴 다 들었는데……."

자신의 눈치를 보며 구시렁대는 포랍을 향해 한차례 눈빛을 쏘아낸 소광륵은 이내 위탕복을 향해 말했다.

"너는 아직 내 질문에 대답을 다 하지 않았다."

이에 위탕복은 기다렸다는 듯 고개를 끄덕이며 입을 열었다.

"만유반야대선공을 익히기가 쉽지 않은 이유는 두 가지입니다. 우선 여러분이 익힌 무공과 만유반야대선공이 가진 성질이 크게 어긋날 가능성이 있기 때문입니다. 만유반야대선공은 불도 무학의 원류이니 섣불리 익히다간 오히려 해를 입을 수도 있고, 또 다행히 익힐 수 있다 하더라도 그 성취는 더

딜 수밖에 없을 겁니다."

"하나 그 정도 어려움은 누구나 예상한 것이 아니냐? 비록 성질이 다르다곤 하나 만류귀종이라 했다. 나는 천뢰혈공의 극의에 다다른 지 이미 오래이니 오히려 익히기가 수월할 수도 있을 것이다."

"그건 저 역시도 마찬가지입니다!"

소광륵의 말에 포랍도 지지 않고 나섰다.

하지만 위탕복의 태도는 여전했다.

"패마의 말씀은 잘 알겠습니다만, 저희에게 주어진 시간은 그리 많지가 않습니다. 하여 단주님께서는 저희에게 한 가지 무공을 남겨주셨습니다. 그렇지만 이 역시 깨우치기가 쉽지 않을 거라 하셨지요."

"무공을 말이냐?"

"그렇습니다. 이것을 익히면 전혀 새로운 상태가 되어 이미 익혔던 무공에 관계없이 어떤 무공이든 새롭게 익힐 수 있을 거라 하셨습니다."

"그런 무공이 다 있단 말이냐? 대체 어떤 무공이기에……?"

순간 소광륵을 비롯한 모두가 흥미로운 눈빛이 되었다.

위탕복은 모두의 시선을 받으며 입을 열었다.

"초의분심공이란 것으로, 본래 은거한 소림의 무승이 창안한 것을 단주님께서 직접 사사하신 것입니다."

"소림이라……."

잠시 모두가 생각에 잠긴 그때 포랍이 다시금 목소리를 높이며 나섰다.

"여기서 이러지들 말고 뭐가 됐든 어서 해봅시다! 익히기가 어렵든 쉽든, 일단 시작해 보면 될 것 아닙니까!"

이번에는 그의 말에 반박하는 사람이 없었다. 소광륵마저 말없이 동조하자 일행은 누가 먼저랄 것도 없이 그 자리를 떠났다.

떠나는 위탕복의 머릿속엔 관우가 일러준 초의분심공의 구결과 그 수련 방식이 차례로 떠올랐다.

'간단하지만 난해한 구결……. 이건 직접 깨우친 자가 아니면 가르치기 어렵다.'

내심 고개를 젓지만 그의 얼굴은 절망과는 거리가 멀었다.

그러나 태연한 그의 가슴 한편에도 뚜렷이 보이지 않는 것에 대한 불안감이 존재하고 있었다.

*　　*　　*

늦은 오후.

일남일녀가 거친 산야를 오르고 있었다.

빠르지도 느리지도 않게 산을 오르는 그들의 모습은 그다지 힘들어 보이지 않았다.

그러나 뭔가가 이상했다.

가장 이상한 것은 그들의 걸음걸이였다. 왠지 부자연스러워 보였다.

둘은 한 치의 틈도 없이 바짝 붙어서 걷고 있었다. 자세히 보니 여인이 사내를 부축하고 있는 듯했다.

그래서일 것이다, 걸음이 부자연스러운 이유는.

그런데 이상한 점은 그것만이 아니었다.

부축을 받고 있는 사내가 멀쩡한 것이다. 사지육신이 온전하고, 어디 하나 부상당한 흔적이 없었다. 그런 자가 누군가의 도움을, 그것도 여인의 부축을 받아 걷는다는 게 이상할 수밖에 없다.

그때 두 사람의 걸음이 멈췄다. 산 정상이 가까워 왔을 때였다.

여인은 일단 사내를 편편한 바위 위에 앉혔다. 여인이 아무렇게나 흘러내린 머리카락을 쓸어 올렸다. 땀이 듬성듬성 맺힌 얼굴의 주인공은 다름 아닌 진무영이었다.

그녀는 뒤로 물러나 맞은편에 있는 바위에 걸터앉았다. 그리곤 그녀가 앉힌 자세 그대로 미동조차 없는 사내, 관우의 얼굴을 바라보았다.

흐릿한 두 눈, 초점없는 시선.

처음 발견했을 때의 모습 그대로였다.

폭발을 감지한 후 폐허가 된 청진교도들의 마을에 도착했을 때, 그녀는 거대한 기운이 땅속에서 솟구치는 것을 보았다.

엄청난 압력에 무너진 건물 더미들은 다시금 사방으로 흩어져 날아갔고, 그녀 또한 잠시 몸을 피해야만 했다.

그녀는 크게 놀랐다. 기운의 정체가 다름 아닌 바람이었기 때문이다. 그리고 광풍이 사라진 그곳에 서 있는 자가 관우임을 알게 되었을 때 경악하지 않을 수 없었다.

관우가 풍령문의 사람이라니……!

그녀는 조심스럽게 관우에게 다가갔고 지금과 같은 관우의 얼굴을 볼 수 있었다.

말도, 행동도, 심지어 먹지도 않는…….

그야말로 백치.

그녀는 혼란스러웠다. 전혀 뜻밖의 상황 앞에서 자신하던 명석한 판단력도 빛을 잃었다.

어찌해야 하는가?

그것을 서둘러 판단해야 하는데, 그보다 먼저 관우의 상태가 자꾸만 걸렸다.

정말 풍령문의 전인일까? 잘못 본 것이 아닐까? 한데 왜 갑자기 이런 상태가 되어버린 것일까? 무엇이 잘못된 것인가?

수십 가지의 생각이 동시에 머릿속을 꽉 채웠다. 관우가 자신을 두고 달아났다는 사실은 뇌리에서 사라진 지 오래였다.

혼란을 수습하느라 그 자리에서 반나절을 서서 보낸 그녀가 마침내 가장 먼저 취한 행동은 관우를 깨우는 것이었다.

순간적으로 이지를 상실한 듯 보였지만, 분명 다시 일깨울 수 있을 거라 믿었다.

하지만 그녀가 취한 모든 방법은 허사였다. 그녀가 지닌 빛의 기운도 아무런 효력을 발휘하지 못했다.

오히려 그녀가 광기를 이용하여 관우의 몸에 손을 댈 때마다 관우의 몸에서는 강렬한 반응이 일어났다. 마치 관우의 몸을 수호라도 하듯, 매서운 기류가 온몸에서 뻗어 나와 그녀의 손길을 차단했다.

그리고 그와 같은 반응은 그녀로 하여금 관우가 풍령문의 전인임을 더욱 확신하게끔 했다.

결국 그녀는 관우의 이지를 깨우겠다는 생각을 포기할 수밖에 없었다.

다시 고민에 빠진 그녀는 이내 관우를 붙들고 그곳을 떠났다.

그녀는 왔던 길을 되짚어 가지 않고 그대로 동쪽으로 이동했다. 그녀는 중원으로 돌아갈 생각이 없었다. 먼저 가야만 할 곳이 있었기 때문이다.

가는 길은 역시 험난했다.

서장의 고산 지대에 비할 바는 아니지만, 높이 천 장이 넘는 준봉들이 어김없이 앞을 가로막고 있었다.

이 산들을 넘으면 면국(緬國)이 나올 것이다. 면국은 천축과 안남 사이에 있는 나라로, 오래전 원 세조(世祖)에 의해 멸망당한 후 지금은 여러 무리들로 흩어져 있는 상태였다.

일단 면국에 당도하면 그때부터 행로는 수월해질 것이다. 자신을 마중 나온 자들과 함께 움직이면 되기 때문이다.

그녀의 최종 목적지는 안남. 그곳에 광령문의 본거지가 있었다. 그곳에 가서 아버지를 만나야 한다. 맥이 끊겼을 거라 여겼던 풍령문의 전인이 나타난 이상 관우를 아버지 앞에 데려가야만 했다.

'으음……!'

상념에 잠겨 있던 진무영의 눈빛이 살짝 떨렸다. 관우가 자신을 보고 있었다. 하지만 그것뿐이다. 그 눈빛 속에는 아무런 의미나 감정이 없었다.

그녀는 짧게 한숨을 내쉬었다. 이런 것이 벌써 몇 차례인지 모른다. 하지만 아직도 그녀는 관우의 시선이 자신을 향할 때면 깜짝깜짝 놀라곤 이내 실망하기를 반복하고 있었다.

"우린 악연일까?"

관우에게 묻는 것인지, 아니면 스스로에게 묻는 것인지 모를 한마디가 진무영의 입에서 흘러나왔다.

"네 정체를 내가 아느냐 모르느냐는 중요치 않을지도……. 어차피 우린 적이 될 수밖에 없는 운명이니까."

자조 섞인 웃음이 그녀의 입가에 걸렸다. 그리곤 다시 그녀는 얼굴을 딱딱하게 굳혔다.

"그런데 왜지? 왜 갑자기 이런 모습이 되어버린 것이지? 누가 너를 이렇게 만들었지? 네 스스로인가?"

"……."

아무리 말을 해봐도 관우는 반응이 없었다. 그 모습을 보며 진무영은 답답함보다는 공허함을 느꼈다. 가슴 한가운데가 뻥 뚫려 속에 있는 바람이 한없이 새어나가는 것만 같았다.

난생처음 경험하는 감정에 그녀는 당황스럽기까지 했다.

자신의 입으로도 말했듯이 관우는 적이다. 수천 년을 이어오며 자신의 가문인 광령문을 막아온 적.

당장 사생결단을 내도 이상할 것이 없다.

관우를 처음 보았을 때 관우의 정체를 알았다면 어떻게 하였을까?

조금도 생각할 것 없이 죽였을 것이다. 죽이지 않으면 죽는 운명, 그것이 풍령문과의 관계니까.

그렇다면 지금은?

역시 죽여야 한다. 작은 망설임조차 필요없다. 풍령문은 사천 년의 열망을 가로막을 수 있는 유일한 존재다. 반드시 사라져야만 했다.

하지만 자신은 관우를 죽이지 못하고 있었다. 관우가 풍령문의 전인임을 알았건만, 바로 눈앞에 있는 관우의 숨통을 끊지 못하고 있다.

"듣고 싶어. 네 이야기를 직접……. 그것뿐인데… 훗, 좀 우습나?"

어쩌면 광령문의 근거지까지 관우를 데리고 가려는 것 자체가 스스로를 향한 핑계일지도…….

하지만 관우는 말이 없다. 다시 본래의 상태로 돌아오리라는 확신도 하기 어렵다.

관우는 왜 자신의 휘하로 들어온 것일까? 의문이 들지 않을 수 없었다.

풍령문의 전인이라면 광령문 등 세 문파의 인물을 보고 그냥 지나치지 않는다. 풍령문의 사명은 자신들을 막고 제거하는 것이니까.

그런데 관우는 그렇게 하지 않았다. 분명 지금까지 있었던 풍령문의 전인과는 뭔가 다르다는 뜻이다.

능력이 부족했던 것일까?

그럴 가능성이 컸다. 모든 정황과 관우가 지금껏 자신의 곁에 머물렀던 사실을 보면 그렇다.

하지만 그것만으로 모든 의문이 풀리진 않는다. 직접 관우의 입으로 들어야만 풀릴 의문들이다.

"지금 내 손으로 너를 죽이는 것이 모두를 위해 좋겠지. 본문에도, 또 관우 네게도."

아버지 앞에 관우를 끌고 간다면 관우의 처지는 지금보다 나빠지면 나빠졌지, 좋아질 리가 없었다. 아버지는 관우를 죽이거나, 아니면 그보다 더한 일을 도모할 수도 있었다.

차라리 지금 죽는 것이 나을지도 모른다.

그러나 알면서도 죽일 수가 없다. 그녀의 마음이 용납하질 않기 때문이기도 하지만, 과연 자신의 힘으로 관우를 죽일 수 있을 지도 의문이었다.

관우는 완전히 이지가 상실된 상태이지만, 그 힘은 전과는 비교할 수 없을 만큼 커져 있었다.

보이지도, 느껴지지도 않지만 알 수 있었다, 관우의 몸을 감싸듯 유유히 흐르는 막대한 기류를…….

그것은 마치 관우의 의지와는 별개로 스스로 살아 움직이는 듯했다.

만일 자신이 관우를 죽이고자 하면 그 기류는 여지없이 자신을 향해 공격을 감행할 것이다.

"결국 가는 수밖에는 없어."

"……."

여전히 자신을 향해 있는 관우의 시선을 대하며 진무영은 씁쓸하게 웃었다.

그리고는 하늘을 한 번 쳐다보더니 곧 일어섰다.

"날이 저물어가니 오늘은 이곳에서 불을 피워야겠군."

그녀는 부단히도 입을 열었다. 거기엔 혹시라도 관우의 대꾸가 귓가에 들려올지도 모른다는 기대가 담겨져 있었다.

"비가 와서 그런지 땅이 축축해. 불을 유지하려면 밤새 신경을 좀 써야겠어."

근처에 있는 나뭇가지들을 모아 불을 지핀 그녀가 다시 말했다.

"출출하니 요기할 것 좀 구해와야겠어. 오래 걸리진 않을 테니 불이 꺼지진 않나 잘 좀 보고 있으라고."

관우의 두 눈은 어느새 발갛게 피어 오른 불꽃을 향해 있었다. 진무영은 문득 불꽃 사이로 보이는 관우의 얼굴이 왠지 모르게 쓸쓸해 보인다는 생각이 들었다.

내심 고개를 저으며 자리를 뜬 그녀가 다시 돌아온 것은 일각 정도가 지난 후였다. 그녀의 손엔 큼지막한 토끼 한 마리가 들려져 있었다.

"잘 지키고 있었어? 이런! 불이 다 꺼져 가고 있군!"

서둘러 불씨를 살린 그녀는 잡아온 토끼를 손질하여 불에 굽기 시작했다.

그러던 중 어느 순간,

"……?!"

관우 쪽을 쳐다본 그녀는 두 눈을 치뜨며 동작을 멈추었다.

관우의 뒤쪽, 그곳에 어둠을 등지고 선 한 인물이 묵묵히 그녀를 응시하고 있었다.

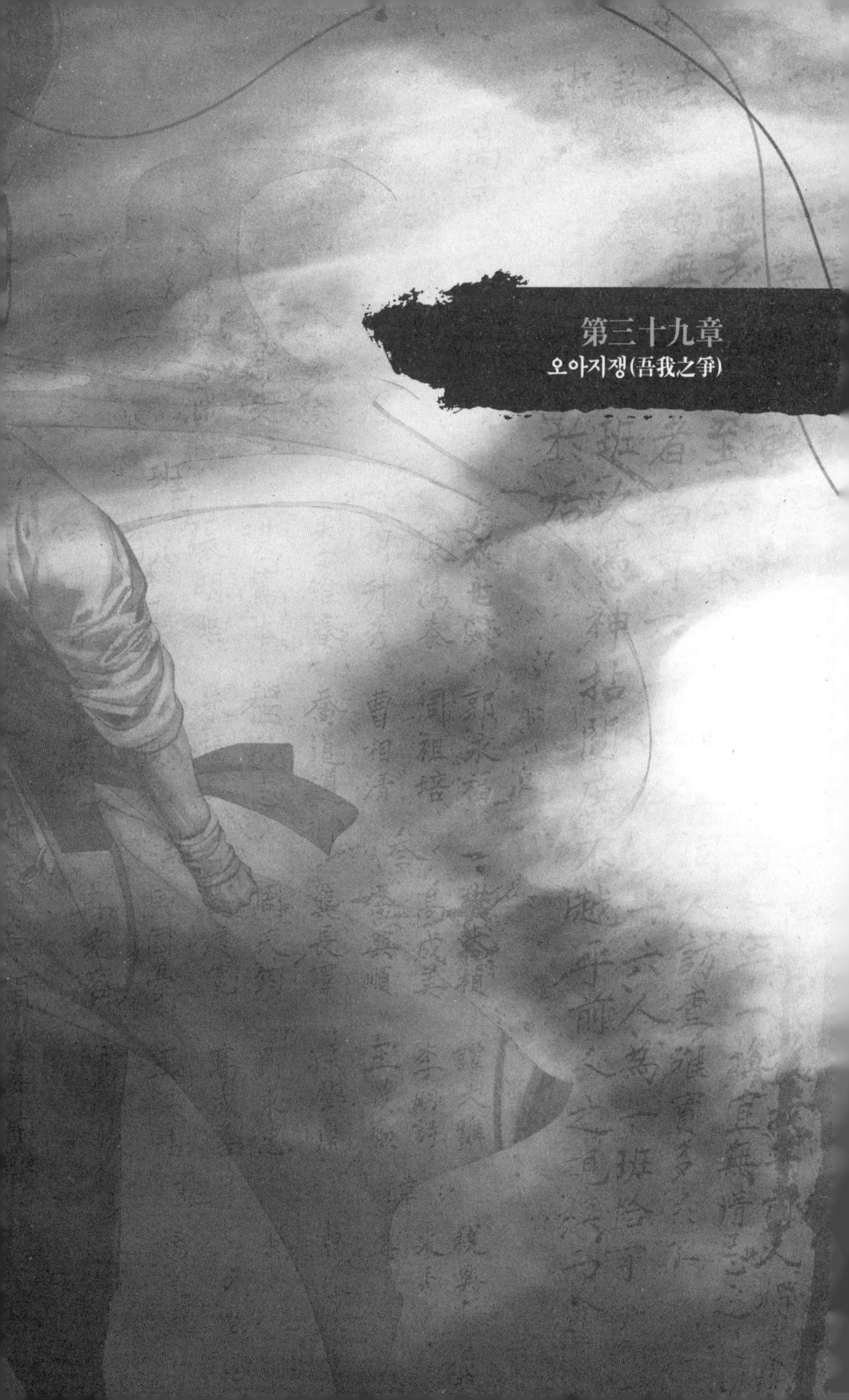

第三十九章
오아지쟁(吾我之爭)

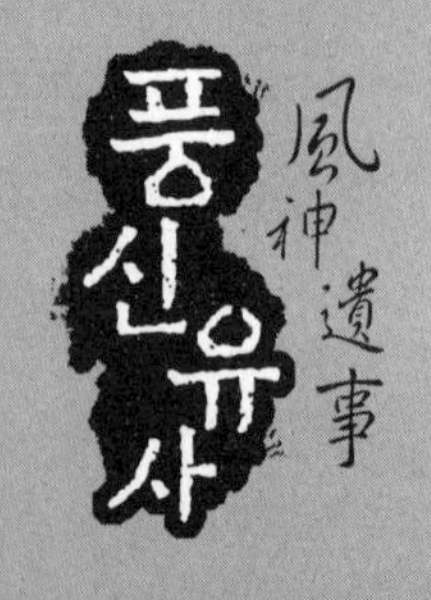
풍신유사
風神遺事

"오랜만입니다, 진 소문주."

나타난 자는 체격이 우람하고 양팔이 유난히도 긴 사내였다. 그는 불빛 사이로 자신의 얼굴을 살짝 내밀며 진무영을 향해 입을 열었다.

"한데 그렇게 놀란 표정을 짓다니, 조금은 의외로군요."

사내, 막율의 입가엔 짧은 순간 옅은 조소가 머물렀다 사라졌다.

진무영이 그 조소의 의미를 모를 리 없었다. 막율은 자신이 지척에 이를 때까지 알아차리지 못한 진무영의 이목을 얕잡아 이르는 것이리라.

그리고 그것은 틀리지 않았다. 사실 그녀 스스로도 당황스러웠다. 실제로도 전혀 알아차리지 못했던 것이다.

'어째서이지?'

그녀의 의문은 컸다. 비록 막율이 수령문의 총령이라곤 하나 자신에 필적할 상대는 아니다. 그런 그의 기척을 감지하지 못한 것이다.

'뭔가가 있다.'

진무영은 슬쩍 관우를 일별했다. 짚이는 게 있었다.

관우의 주변을 감싼 기류.

'바람…….'

아마도 그 때문일 것이다. 그것이 막율의 기척을 차단했을 가능성이 컸다.

평상심을 회복한 진무영은 막율을 쏘아보며 몸을 일으켰다.

"막율, 네가 이곳에는 무슨 일이지? 설마 나를 찾아온 것인가?"

막율은 진무영의 강렬한 시선에 내심 긴장하면서도 담담한 표정으로 대꾸했다.

"기실 그것은 제가 드리고 싶은 질문입니다. 마땅히 중원에 계셔야 할 분께서 이 먼 곳까지 와 고생을 하고 계시다니요?"

"후후… 막율, 지금 본 소문주의 질문에 네가 대답하지 않는 것인가? 네 주인인 수령문주도 나를 그렇게 대한 적이 없거늘, 네가 아마도 크게 작정하고 나를 찾아온 모양이구나?"

진무영의 두 눈이 투명하게 돌변했다.

그 순간 막율은 눈앞이 환해지며 강렬한 빛이 자신을 옥죄는 듯한 느낌을 받았다.

하지만 그는 당황하지 않았다. 진무영의 말대로 그는 작정하고 왔기 때문이다.

"무례했다면 사과를 드리지요. 저는 다만 진 소문주께서 갑자기 천축으로 향하신 까닭이 무엇인지 매우 궁금하여 여쭸을 뿐입니다. 더구나 이처럼 단둘뿐인 채로 말입니다."

막율의 시선이 잠시 관우에게 머물렀다. 그는 자연스레 앉아 있는 관우의 어깨에 자신을 손을 얹었다.

진무영은 살짝 미간을 좁혔다. 막율은 관우를 통해 자신을 위협하고 있었다.

'어디까지 알고 온 것이지?'

막율이 중원에서부터 시종 자신의 이목을 피해 뒤를 밟았다고는 생각지 않았다. 그것을 허용할 자신이 아니기 때문이다.

'거기서부터였겠군.'

아마도 대리 근방의 숲에서 있었던 싸움이 막율을 직접 움직이게 했을 것이다.

그렇다면 천축에서 있었던 일들을 알고 있을 가능성이 컸다. 무엇보다 막율이 서슴없이 자신 앞에 모습을 드러냈다는 것이 마음에 걸렸다.

'잠깐?!'

순간 뭔가 이상함을 느낀 진무영이 다시금 관우를 살폈다.

'왜 아무렇지도 않은 것이지?'

낯선 자가 어깨에 손을 대었음에도 관우에게선 아무런 반응이 일어나지 않았다. 다른 때 같으면 막율은 벌써 크게 놀라며 관우에게서 멀리 떨어졌을 터였다.

'어떻게 된 거야?'

의문은 커졌지만 당장 거기에만 신경 쓸 형편은 아니었다.

더 이상 말을 돌릴 필요가 없음을 느낀 진무영은 직접적으로 물었다.

"무슨 용건으로 날 찾아온 것이지?"

그녀의 분위기가 바뀐 것을 알아차린 막율은 여유로운 미소로 대답했다.

"진 소문주께서 짐작하시는 대로입니다. 웬만하면 제가 직접 움직이진 않겠지요."

"짐작이야 가지만 설마 아닐 거라고 생각하는 중이었는데, 네 말투를 보니 애석하게도 맞는가 보군? 나를 어찌해 보겠다고 온 거란 말이지?"

"더없이 좋은 기회란 생각이 들더군요. 사자가 홀로 무리를 벗어나는 경우는 매우 드문 일이지 않습니까?"

"후후… 나를 죽이겠다?"

"일단 계획은 그렇습니다."

"자신은 있나?"

"제가 경솔한 편은 아니지요."

그때였다.

진무영의 좌우 양쪽에서 막율 못지않은 탄탄한 체구의 두 인영이 나타났다.

그들의 행색은 막율과 크게 다르지 않았다. 진무영은 대번에 그들을 알아봤다.

"양 랑의 낭주들까지 찾아왔군그래. 확실히 자신을 가질 만도 하겠어."

낭주들이라면 수령문의 핵심인 탕랑과 빙랑을 각각 책임지는 자들이었다. 그들의 실력은 두말할 것 없이 상위 급에 속했다.

광령문 등 세 문파를 통틀어 술법 실력이 상위 급에 속하는 자들은 그리 많지 않았다. 진무영과 같은 이들은 상위 급 중에서도 최상위 급으로 분류되기도 했다.

막율은 최상위 급과 상위 급의 경계에 있는 자로 알려져 있었다. 뛰어나긴 하지만 진무영의 상대는 아니었다.

그러나 두 명의 낭주가 합세한다면 모르는 일이다. 적어도 그것이 일반적으로 내려지는 결론이었다.

하지만 그들 셋을 바라보는 진무영은 전혀 동요가 없었다.

"너희 셋이 모두 나를 따라붙었으니 중원에 나간 수령문의 전력에 큰 공백이 생겼겠군."

"공백이야 다시 메우면 되는 것이지요."

"메울 수 없을 테니 하는 말이 아닌가."

꿈틀!

시종 여유롭던 막율의 표정이 순간 딱딱하게 굳었다.

"흐흐… 지금과 같은 상황에서도 그런 허세를 부리다니, 확실히 판단이 흐려지긴 한 모양이로구나."

말투가 바뀜과 동시에 그의 기세 또한 바뀌었다. 능수기를 발동한 그의 주변으로 깨알 같은 수적(水滴)이 모여들기 시작했다.

"진무영, 여기엔 잘난 네놈을 도와줄 자들은 없다. 무엇 때문에 이런 쓸모없는 녀석과 함께 움직이게 되었는지는 모르나, 덕분에 네놈을 없앨 좋은 기회를 얻게 되었구나. 이런 것을 두고 제 손으로 무덤을 판 격이라고 하는 것이 아니겠느냐? 흐흐!"

막율은 감춰져 있던 본성을 드러내 놓았다. 그의 눈에 비친 진무영은 곧 죽을 궁지에 몰린 사슴에 불과했다.

그런 그의 태도를 본 진무영의 두 눈이 가늘어졌다.

두려워서가 아니다. 지금 그녀의 관심은 관우에게 쏠려 있었다.

싸움이 벌어지면 관우의 안위를 장담할 수 없다. 더구나 관우는 스스로 몸을 움직이지도 못하는 상태였다. 자칫 싸움에 휩쓸려 잘못될 수도 있는 것이다.

'어쩐다……?'

진무영은 고민스러웠다. 막율은 당장에라도 자신을 향해 손을 쓸 기세였다. 하지만 관우는 자신이 아닌 막율의 수중에 있는 것이나 마찬가지인 상태. 빼낼 시간적인 여유가 없다.

'어떻게든 반응만 나타낸다면…….'

그렇게만 되면 상황은 훨씬 수월해질 수 있을 터였다. 관우의 갑작스런 반응에 막율 등이 당황한 틈을 타 자신이 손을 쓸 수 있을 것이기 때문이다.

하지만 관우는 막율이 기세를 일으켰음에도 여전히 아무런 반응을 보이지 않았다. 그것이 계속해서 그녀의 마음에 의문을 던져 주고 있었다.

진무영은 혹시나 하여 관우 쪽을 자세히 살폈다. 그러나 어떤 조짐이나 기색 따위는 전혀 찾아볼 수 없었다.

'다른 수가 없겠어.'

그녀는 마음을 굳혔다.

싸움의 일차 목표를 관우의 안위를 지키는 것으로 잡았다.

때맞춰 막율이 움직였다. 그의 오른손으로 허공을 부유하던 수적들이 빠르게 뭉치기 시작했다.

그것은 몸통 크기만 한 투명한 구체를 이루더니, 곧 진무영을 향해 날아갔다.

빠르지도, 느리지도 않은 속도로 날아온 구체가 지척에 이르자 진무영은 가볍게 검지를 내뻗었다.

좌악!

백선(白線)이 구체의 중앙을 정통으로 뚫고 지나갔다. 크게 요동친 구체는 곧 둘로 나뉘었다.

그러나 구체는 둘로 쪼개진 상태에서도 움직임을 멈추지 않고 진무영을 향해 날아갔다.

이를 본 진무영은 날아오는 구체들을 향해 양손을 폈다. 붉은 열기가 손에서 뻗어 나왔다. 구체의 본체는 물. 남김없이 증발시켜 버리려는 의도였다.

하지만 그 순간 진무영은 좌우에서 각기 색다른 기운이 뻗쳐 오는 것을 느꼈다. 두 낭주마저 공격을 시작한 것이다.

그녀는 당황하지 않고 양손에 모아졌던 열기를 빠르게 전신으로 퍼뜨렸다.

우웅……!

온몸을 감싼 열기가 사방으로 폭사되었다.

좌우에서 뻗쳐 오던 두 기운이 사라지는 것이 느껴졌다.

그리고 전면에서 날아오던 두 구체.

'음……?!'

뭔가 이상했다.

두 구체는 물론이고, 그녀가 폭사시킨 열기마저 더 이상 앞으로 나아가지 못하고 있었다. 마치 무언가가 막율과 그녀 사이를 가로막고 있는 듯했다.

"이게 어찌 된……?!"

막율의 놀란 음성이 들려왔다. 예기치 못한 상황에 그도 적지 않게 당황한 듯했다.

'설마?'

진무영의 시선은 재빨리 관우를 향했다.

여전히 바위 위에 앉아 있는 관우, 그리고 초점을 잃어버린 시선.

달라진 것은 없었다. 그러나 진무영은 지금의 상황을 만들어낸 주인공이 관우임을 확신했다.

관우는 공간을 차단하고 있었다. 아니, 정확히 말하자면 관우 안에 있는 무언가가 그리해 놓은 것일 게다.

공간은 관우만의 영역이다. 그리고 그 안에 막율이 들어가 있었다. 볼 수도, 만질 수도 없는 바람의 기운이 해를 끼칠 수 있는 이질적인 기운의 출입을 모두 차단하고 있는 것이었다.

'무섭군.'

진무영은 저절로 그런 생각을 떠올렸다. 관우 안에 있는 그것은 실로 무서운 존재였다. 관우는 백치, 죽은 것과 진배없었다.

그러나 그것은 살아 있었다. 관우와는 상관없이 살아 움직이고 있었다.

쉬쉬쉬쉿……!

이를 증명이라도 하듯 그것이 위세를 부리기 시작했다.

바람의 막에 가로막혀 더 이상 나아가지 못하던 구체가 조금씩 뒤로 밀리고 있었다.

"크윽! 대체 이 무슨……! 크으……!"

순간 구체를 쏘아낸 막율의 표정이 고통으로 일그러졌다.

어느새 구체는 사라지고 관우를 중심으로 대기가 매섭게 회오리치기 시작했다.

위이이이……!

표풍(飄風)은 점점 그 범위를 좁혀갔다. 놀라운 것은 진무영이 서 있는 쪽은 전혀 표풍의 영향을 받지 않고 있다는 점이었다.

"으! 으흑!"

범위가 좁혀질수록 더해지는 압력에 신음성이 막율의 입술을 비집고 나왔다.

막율은 이를 악물고 조여드는 압력에 저항했다.

그의 전신에 짙푸른 기운이 넘실거렸다. 궁지에 몰린 그는 망설임없이 회오리바람 안으로 자신의 손을 쑤셔 넣었다.

순간,

쐐쇠쇠색……!

표풍이 다시 돌변했다. 마치 건드리지 말아야 할 것을 건드린 것처럼 미쳐 날뛰었다. 표풍은 순식간에 광풍이 되었다.

우우우웅……!

"악! 아아아악!"

막율은 비명을 내지르며 처절하게 몸부림쳤다.

거대한 압력에 온몸이 짓눌렸다. 양팔이 떨어져 나가고 입술은 뒤틀렸다. 짓이겨진 얼굴 사이로 본래의 자리를 잃은 두 눈이 터져 나왔다.

후두두두둑!

갈기갈기 찢긴 피육이 사방으로 뿌려졌다.

"으음!"

이를 목도한 두 낭주는 경악했다.

그들은 본능적으로 주춤거리며 조금씩 뒤로 물러섰다.

진무영은 그들이 멀어지는 것을 알고 있음에도 손을 쓰지 않았다. 거기에 신경을 쓸 여유가 없었다.

한순간에 막율을 먹어치운 성난 바람은 그것으론 성이 차지 않는지 주변으로 영역을 확장하고 있었다.

진무영은 알 수 있었다. 다음 표적은 자신이었다.

우웅! 우웅!

어둠 속에서 지축을 뒤흔드는 굉음이 울려 퍼졌다.

용솟음치는 거대한 회오리바람!

그 앞에서 뿌리박힌 듯 굳건히 서 있는 진무영.

팟!

진무영의 두 눈에서 광채가 뻗어 나왔다.

광채는 광풍을 뚫고 내부를 비췄다.

허공에 둥실 떠 있는 관우의 모습이 보였다. 두 눈이 감긴 관우는 정신을 잃은 듯했다.

'지배를 받고 있는 것인가?'

이제야 대충 관우가 어떤 상태인지 짐작이 갔다. 관우는 무언가의 의해 지배를 받고 있다. 그것이 무엇인지는 정확히 알 수 없지만, 그것 때문에 관우가 이지를 상실하여 백치가 되어 버린 것이다.

'그렇다면 왜? 힘을 제어할 수 없어서?'

저것은 살아 있다. 존재 자체가 의지를 갖고 있는 듯하다. 저것이 관우의 혼을 삼켜 버린 것일지도 모른다.

진무영은 눈앞에 있는 거대한 광풍의 실체가 자신이 알고 있는 관우가 아니라고 단정했다.

저것은 관우 안에 있는 또 다른 존재다. 저것이 지금 관우의 몸을 지배하고 조종하고 있었다.

그렇다면 자신은 어찌해야 하는가?

당장에 저것이 달려들면……?

장담할 수 없다. 저것의 힘은 가히 추측 불가!

자신이 가진 힘을 모두 쏟아부어도 과연 버텨낼 수 있을지 의문이었다.

진무영은 처음으로 자신의 아버지 외의 존재에 대하여 두려움을 느꼈다.

'이것이었나, 무공을 완성한다는 것이?'

그녀는 자신을 찾아와 천축으로 가야 하는 이유에 대하여 대답한 관우의 말을 떠올렸다.

"제 무공을 완전케 하기 위함입니다."

하지만 곧 그녀는 고개를 저었다.

'아니야, 이건 무공이 아니야.'

분명 이것은 풍령문의 전인들만이 지닐 수 있는 풍기였다.

하지만 자신이 알고 있는 한 이러한 풍기는 있을 수 없었다.

수년 전에 자신의 아버지를 찾아왔던 풍령문의 전인을 직접 본 일이 있었다.

그의 힘은 강했지만, 자신의 아버지만큼은 아니었다. 그는 치명상을 입고 돌아갔으며 두 번 다시 나타나지 않았다.

지난 사천 년 동안 광령문 등 세 문파의 힘은 주기를 거듭할수록 강해졌지만, 풍령문의 힘은 그대로였다.

결국 세 문파는 풍령문의 힘을 넘어섰으며, 길고 긴 속박에서 벗어날 수 있었다.

그런데…….

전혀 다른 힘을 지닌 풍령문의 전인이 눈앞에 나타났다.

관우의 몸을 빌어 나타난 저것은 세상 모든 것을 비웃기라도 하듯 가공할 위세를 내뿜고 있었다.

위잉! 위잉!

진무영의 전신이 하얀 광채로 물들었다. 어둠이 물러가고 사방이 환하게 변하였다.

광채는 점차 푸른빛을 띠더니 허공으로 비상했다.

그러자 놀랍게도 빛을 받은 광풍이 뒤로 물러섰다. 심지어 빛이 닿은 광풍의 끝자락이 힘을 잃고 소멸되기까지 하였다.

바람은 빛과 어두움에 속한 것들이 상호 조화되어야만 일어난다. 둘 중 어느 한쪽의 것이 사라지면 바람은 일어날 수 없었다.

빛은 어두움을 몰아내는 동시에 어두움을 이루는 모든 것을 함께 소멸시킨다. 이것이 진무영이 내뿜는 광채로 인해 광풍이 주춤거릴 수밖에 없는 이유였다.

그러나,

쿠르릉!

땅이 무너지는 듯한 소리와 함께 무수한 흙먼지가 광풍 속으로 삽시간에 빨려들어 갔다. 거기엔 커다란 바위와 주변의 나무들까지 섞여 있었다.

온갖 것으로 뒤섞인 광풍은 그대로 팽창하기 시작했다. 광풍이 팽창하자 빛의 세력이 조금씩 줄어들었다. 광풍 속에 뒤섞인 것들로 인해 빛이 광풍을 투과하지 못하고 있었던 것이다.

쿠구구구……!

광풍은 닥치는 대로 땅에 있는 모든 것을 빨아들이며 덩치를 키웠고, 그럴수록 광채의 영역은 서서히 작아졌다.

"으음!"

진무영의 입에서 침음이 흘러나오며 표정이 어두워졌다.

'막을 수 없다!'

더욱 거세지는 광풍을 보며 진무영의 뇌리에 떠오른 한마디였다.

수많은 생각이 교차했다. 그러나 안타까울 뿐, 후회는 들지 않았다.

그녀는 몸 안의 모든 광기를 끌어모았다. 최후의 수단으로 광기를 폭발시킬 생각이었다.

하지만 그런다고 해서 광풍을 막을 수는 없을 것이다. 다만 광령문의 소문주로서 해야만 할 일이기에 시도할 뿐이었다.

그런데 바로 그때였다.

"끄아아아악!"

"……?!"

끔찍한 비명 소리가 귓전을 파고들었다.

그것은 다름 아닌 광풍 속에서 들려오고 있었다.

황급히 광풍의 내부를 확인한 진무영은 크게 놀랐다.

"관우……?"

비명의 주인공은 관우였다. 조금 전만 해도 정신을 잃은 상태였던 관우는 양손으로 머리를 쥐어뜯으며 발버둥치고 있었다.

"끄아아아악!"

절로 소름이 돋는 괴성.

극한의 고통이 듣는 이에게도 고스란히 전해졌다.

"그만! 그마안……! 끄아악!"

관우는 더욱 격렬히 날뛰었고, 그럴수록 놀랍게도 광풍은 조금씩 잦아들었다.

진무영은 지금 관우와 관우 안에 있는 존재가 소리없는 싸움을 벌이고 있음을 대번에 알아챘다. 아마도 격한 충격에 깊이 억눌려 있던 관우의 이지가 다시 깨어난 것이리라.

진무영은 끌어모은 광기를 다시 흩뜨리며 재빨리 뒤로 물러섰다.

자신이 끼어들 싸움이 아니었다. 도와줄 수도 없었다. 오직 관우 스스로 이겨내야만 한다.

"돌아와! 관우, 본래의 너로!"

"끄아아아아……!"

괴성에 휘청거린 광풍이 마지막 위세를 떨치고 있었다.

*　　　*　　　*

당가로 급파된 광령문도 십오 인 전원 사망. 광독인이 하나가 아님이 확인됨. 함께 싸운 광독인 중 둘 사망. 현재 당가 주변에 수백 명 운집. 주요 인물로는…….

"하나가 아니다? 허! 갈수록 일이 심각해지는구나!"

특이한 백의에 신을 신지 않은 맨발.

머리가 온통 백발인 한 노인이 뒷짐을 진 채 흘러가는 강물을 내려다보고 있었다.

노인, 황벽은 손에 들고 있던 서신을 곁에 시립한 한 청년에게 건네며 말했다.

"치성, 관우 그 아이가 마음에 품은 여아가 당가 출신이라 했느냐?"

"그렇습니다, 삼장로님."

빠르게 서신을 훑은 조치성은 심각한 얼굴로 대답했다.

"쯧! 무슨 조화인지! 크음……."

황벽은 미간을 잔뜩 접으며 침음했다.

그가 문도들을 이끌고 천문을 나선 것은 오늘로 한 달째였다.

광령문 등 세 문파에 맞서기로 결정을 내린 후 정확히 반년 만에 천문은 먼저 선발대를 내보냈다.

천문은 자신들의 사명에 맞도록 강호방파들과 긴밀히 협력하여 광령문 등에 맞설 계획을 세웠다.

그러기 위해서는 현재 세 패로 나뉘어 대립하고 있는 강호방파들을 다시 하나로 만드는 일이 시급했다.

하지만 그 과제를 풀기란 쉽지 않았다.

강호방파들이 광령문 등 세 문파를 따르게 된 것은 그들이 가진 절대적인 힘에 굴복해서였다.

그렇다면 그들을 다시 돌리는 방법은 역시 힘밖에는 없었다. 저들 세 문파보다 더욱 강대한 힘 말이다.

물론 다른 방법도 있었다. 그것은 강호가 가졌던 도의에 호소하는 것이었다.

그러나 그것은 전자보다 더욱 어려우면 어려웠지, 결코 쉽지 않은 일이었다. 더 정확히 말한다면, 실현 불가능한 방법이었다. 이미 강호에 도의 따윈 무너진 지 오래였기 때문이다.

그런 도의를 다시 세우겠다? 모두가 콧방귀를 뀌고 돌아설 것이 뻔했다.

결국 천문이 택한 방법은 전자였다. 자신들의 뜻에 따르게 하려면 우선 힘을 보여줄 수밖엔 없었다.

절대적인 힘은 아니더라도 함께 대항할 수 있다는 가능성이라도 보여줘야만 하는 것이다.

이를 위해서 지난 한 달간 은밀히 저들 세 문파의 틈을 찾기 위해 애를 썼다. 불식간에 빈틈을 노려 눈에 띄는 성과를 얻기 위함이었다.

그러나 모든 계획은 급변한 정세로 인해 틀어져 버렸다.

속속들이 날아든 소식들은 놀라운 것들뿐이었다.

관우와 관련된 소식에서부터 광령문 등 세 문파의 상황에 대한 소식까지.

모든 것이 어지럽게 돌아가고 있었다.

그중 가장 중대한 사건은 바로 광독인의 출몰이었다.

광독인은 모든 상황을 어지럽힌 장본인이라 해도 과언이 아니었다.

광령문에 속한 군무단을 무참히 학살하였고, 광령문도 다섯을 한 줌의 진물로 만들어 버렸다.

그뿐만이 아니었다. 광독인의 정체를 알고 당가로 향한 또 다른 광령문도 십여 명도 같은 운명을 맞이하고 말았다. 게다가 광독인이 하나가 아니라니!

이 사실이 퍼지면 모두가 경악에 경악을 거듭할 일이 아닐 수 없었다. 절대적인 존재로까지 인식되던 광령문이 맥없이 당하고 있는 것이다.

광독인!

그 이름 석 자는 이제 모두의 뇌리 속에 경탄과 두려움으로 각인되기에 이르렀다.

"아직 속단하기엔 이르지만 이 정도의 힘이라면 광독인만으로도 능히 저들 세 문파에 대적하고도 남음이 있지 않겠는지요?"

조치성이 조심스런 태도로 황벽을 향해 입을 열었다.

누구라도 그렇게 생각할 수 있었다. 지금까지의 사정이 그것을 뒷받침해 주고 있었던 것이다.
하지만 황벽은 고개를 저었다.
"단 한시라도 저들을 가벼이 여기지 마라. 잊었느냐? 저들을 막을 수 있는 자는 관우, 그 아이뿐이라고 말한 것은 치성 너였지 않느냐?"
"으음……."
조치성은 침음하며 입을 닫았다.
그는 분명 그렇게 말했고, 그 생각은 지금도 달라지지 않았다. 다만 그것은 광독인이라는 존재가 없을 때의 이야기였다. 보이는 사정만으로는 광독인이 저들을 제압할 수도 있을 것 같았다.
그러나 그는 더 이상 입을 열지 않았다. 황벽의 입에서 연이어 관우의 이름이 흘러나온 탓이었다.
'아직도 능력을 온전히 얻지 못한 것인가?
관우는 스스로 장담했다. 풍령의 능력을 온전히 취하면 저들을 능히 제압할 수 있을 거라고.
그러나 지난 한 달 동안 관우의 행방은 전혀 알 수 없었다. 천축에서 사라졌다는 정보만이 있을 뿐이었다.
'자네의 운명도 참으로 기구하군.'
상념에 빠져 있는 그에게 황벽의 음성이 들려왔다.
"그 아이와 가장 가까이 있던 자들이 군무단이라고 했느냐?"

"그렇습니다. 사장로님과 함께 있던 네 사람이었습니다."

"그들도 광독인의 손에 죽었겠구나."

"그럴 가능성이 큽니다."

"하면 그 아이에 대하여 가장 잘 아는 자는 당가의 여아뿐이겠구나?"

"지금으로선 그렇습니다."

황벽은 고개를 끄덕이며 말했다.

"당가로 가야겠구나."

이에 조치성 역시 동감하듯 고개를 끄덕였다. 다만 그는 한 가지를 물었다.

"그럼 이번에 본 문의 정체를 드러낼 생각이십니까?"

"필요하다면 그래야겠지."

"하면 본격적인 준비를 위해 미리 본문에 기별을 넣도록 하겠습니다."

"아니다."

"……?"

황벽은 고개를 저으며 단호히 말했다.

조치성은 당황한 표정으로 황벽을 쳐다봤다.

선발대인 자신들의 임무는 가장 좋은 시기에 효과적인 방법으로 천문의 정체를 드러내는 것이었다.

그리고 그 시기와 방법을 결정할 권한은 전적으로 황벽에게 있었다.

갑작스레 나타난 많은 변수로 인하여 애초의 계획은 모두 틀어지고 말았지만, 이번 일에 개입한다는 천문의 뜻은 변하지 않았으니 어떻게든 정체를 드러낼 적당한 시기를 잡아야만 했다.

이미 많은 자들이 곳곳에 운집한 당가로 가게 되면 정체가 드러나는 것은 피할 수 없을 터, 이에 계획대로 일을 진행하려 한 것인데 황벽이 뜻밖의 태도를 보인 것이다.

"하면 어찌할 생각이십니까?"

조치성의 질문에 황벽은 굳은 표정으로 말했다.

"본문에는 앞으로 한 달 이상의 말미가 더 필요하다고 전하거라."

"그게… 무슨 말씀이십니까?"

"말 그대로니라."

"하면 거짓을 통보하라는 말씀이십니까?"

"그렇다."

"……!"

거침없는 황벽의 말에 조치성은 잠시 할 말을 잃었다. 자신이 잘못 들은 것은 아닌지 귀를 의심할 정도였다. 하나 이내 그것이 아님을 알고는 마음을 가라앉히며 다시금 물었다.

"그렇게까지 하시는 까닭이 무엇인지요?"

그러자 황벽은 뜻밖이라는 듯 조치성에게 눈길을 줬다.

"허! 이제 보니 너 역시 고얀 놈이로구나. 거짓을 통보하라

함은 문주님과 본문의 형제들 모두를 속이는 것이거늘, 너는 그것이 무슨 뜻인지 모른단 말이냐?"

"본 문의 계명 중 네 번째를 어기는 것입니다."

"그럼 그것을 어기면 최소 출문(黜門)이요, 사리(私利)를 도모한 것일 경우 극형을 면치 못한다는 것도 알고 있겠구나."

"그렇습니다."

조치성은 여전히 담담하게 대답했다.

"허허, 그것을 다 알고 있으면서도 내 말을 듣고 강력히 반발을 하기는커녕 태연자약하게 까닭이나 묻고 있단 말이냐?"

황벽은 조치성을 향해 짐짓 언성을 높이곤 있었지만 왠지 모르게 눈빛은 꾸중하는 자의 그것과는 거리가 멀어 보였다.

그것을 아는지 모르는지 조치성의 대답은 이번에도 망설임이 없었다.

"반발은 까닭을 알고 나서 해도 늦지 않습니다. 삼장로님께서 특별한 까닭 없이 그런 결정을 내리실 분이 아니라 믿기 때문입니다."

"특별한 까닭이라……? 마치 내 입에서 무슨 말이 나오기를 기대하는 듯한 말투로구나."

"……."

"좋다, 까닭을 물었으니 답을 해주마. 나는 본 문이 이 일에 전면적으로 개입하지 못하도록 할 것이다."

"……!"

황벽은 놀란 조치성을 마주 보며 말을 이었다.

"내가 굳이 너와 설지, 사동을 선발대에 넣어 내 밑에 둔 이유를 짐작하겠느냐?"

"혹……?"

황벽은 고개를 끄덕였다.

"너희라면 내 뜻을 이해하고 따라주리라 기대했기 때문이다. 너희는 관우 그 아이를 곁에서 직접 지켜보았으니 말이다."

"하면 처음부터 이렇게 하실 작정이었던 것입니까?"

"그 아이와 함께 지낸 것이 삼 년이다. 본 문에서 나만큼 관우를 잘 아는 자가 있겠느냐? 뿐만 아니라 전대 풍령문주로부터 많은 것을 보고 또 들었으니, 그로 인해 내가 얻은 결론은 저들을 제압할 수 있는 자는 관우, 그 아이밖에는 없다는 것이다. 비록 본 문 내의 분란을 피하고자 잠시 뜻을 굽혔지만, 내가 가진 생각은 바뀐 적이 없다."

"그 친구만이 저들을 막을 수 있다고 어찌 그리도 확신을 하십니까?"

조치성의 조심스런 질문에 황벽은 대답 대신 되물었다.

"하면 너는 왜 본 문이 그 아이와 뜻을 달리하려는 것을 반대하였느냐?"

"그것은……."

"그 아이를 겪어보니 너 역시 나와 같은 생각을 할 수밖에 없었기 때문이 아니냐?"

조치성은 짧은 한숨과 함께 말했다.

"삼장로님의 말씀이 맞습니다. 하나 저와 두 형제는 삼장로님과 같은 확신은 갖고 있지 못합니다."

"본 문을 등질 수 있을 만한 확신은 없다는 뜻이냐?"

"삼장로님께서 거짓 통보를 하는 것이 본 문을 등지는 것이라 생각지는 않습니다. 오히려 본 문이 당할 불필요한 희생을 막으려는 것이니 말입니다. 다만 제게는 그렇게 하는 것이 과연 하늘의 뜻인지 확신이 서질 않는다는 것입니다."

"하늘의 뜻이라……? 허허, 그것을 누군들 확실히 알 수 있겠느냐? 그저 헤아릴 수 있는 것들을 하늘의 뜻으로 알고 지켜가는 수밖에는 도리가 없질 않겠느냐. 내가 헤아릴 수 있는 한 본문이 저들을 막고자 하는 것은 하늘의 뜻을 거스르는 일이다. 풍령문이 저들을 막는 것, 바로 그것이 하늘의 뜻이다."

"으음."

침음과 함께 조치성은 고개를 숙이고 생각에 잠겼다.

황벽은 그런 그의 작은 갈등을 묵묵히 허락했다.

오래지 않아 조치성이 다시금 고개를 들고 입을 열었다.

"한 달 이상의 말미가 필요하다고만 통보하면 되는 것입니까?"

그가 마음을 굳히자 황벽은 입가에 옅은 미소를 머금음과 동시에 말했다.

"통보와 함께 천비사(天飛使)의 파견도 요청하도록 하여라."

"천비사를 말씀입니까?"

조치성은 납득이 가지 않는 듯 되물었다.

천비사는 천문주의 직속 조직이었다. 그들의 주된 임무는 무단으로 천문을 이탈한 문도나 사명과 계명을 어기고 도주한 자들을 추적하여 제거하는 것이었다.

그들이야말로 의도치 않게 천문의 정체가 외부로 드러나는 일을 막기 위한 최후의 방책이라고 할 수 있었다.

그런데 돌연 그들의 파견을 요청하라고 하니, 조치성으로서는 의아하지 않을 수 없는 일이었다.

"하지만 천비사를 움직이려면 그에 합당한 사안이 발생해야만 하지 않습니까?"

그의 의문을 당연하게 여긴 황벽은 즉각 대답했다.

"무계심결이 외부로 유출되었으니 사안은 충분하다."

"그게… 무슨 말씀이신지? 누가 감히 그런 일을……?"

"관우 그 아이에게 전수한 무계심결이 있질 않느냐?"

"……?!"

"그 아이가 본 문과의 약조를 깨고 무계심결을 타인에게 전수한 사실을 알아냈다고 전하여라."

"아……!"

조치성은 자신도 모르게 짧게 탄성을 내뱉었다.

자신이 아는 한 관우는 그런 적이 없다. 또 그런 일을 서슴없이 할 사람도 아니었다. 그리고 더욱 중요한 것은 관우가 스스로 천문과 그런 약조를 한 적이 없다는 것.

그런데 그러한 사실을 모두 알고 있는 황벽이 저와 같은 말을 한다?

이는 거짓말이었다.

천비사를 움직이기 위한 거짓말.

하면 왜 그렇게까지 하면서 천비사를 움직이게 하려 하는 것일까?

"천비사를 이용하여 그 친구의 행방을 찾을 생각이십니까?"

"거짓 통보로 통의각주인 이장로의 의심을 피할 수 있는 시한은 기껏해야 한 달 정도일 것이다. 우린 그 안에 관우 그 아이를 찾아야 한다. 그러기 위해서는 천비사가 반드시 필요하다. 추적에 있어서는 천비사를 따라갈 자들이 없지."

조치성은 그제야 고개를 끄덕였다.

황벽의 말대로였다.

임무의 특성상 천비사는 일반 문도들보다 뛰어난 능력을 지닌 자들로 구성되었다. 그들이 나선다면 한 달 안에 관우의 행적을 찾는 일이 불가능하지만은 않을 것이다.

하지만 문제는 여전히 있었다.

"하나 문주님께서 쉽게 천비사의 파견에 동의하시겠는지요? 그 친구가 무계심결을 익힐 수 있었던 것은 전대 풍령문주의 부탁을 본 문의 문주님께서 받아주셨기 때문으로 압니다만. 당시 두 분 사이에 따로 이야기가 있었던 것입니까?"

"무계심결을 다른 곳으로 유출시켜서는 안 된다는 이야기는 없으셨으나, 전대 풍령문주께서 본 문의 사정을 모르는 분이 아니셨으니 이는 당연한 도의이며 묵계라 할 것이다. 관우 그 아이가 그러한 묵계를 어긴 것을 알면 장로들은 물론이고, 그 아이를 돕는 것을 반대한 여러 형제들이 들고일어날 것은 자명할 터, 문주님의 고민은 길지 않으실 것이다."

"으음."

그랬다. 게다가 줄곧 관우의 뜻을 따르자고 주장했던 황벽이 직접 관우를 처단하자고 나서게 된다면 천비사의 파견은 의외로 간단해질 수 있으리라.

모든 의문을 해소한 조치성은 황벽을 향해 짧게 읍했다.

"알겠습니다. 그럼 지금 즉시 본문에 기별을 넣겠습니다."

"조금 더 고민을 해봄이 어떠하냐?"

"……?"

돌아서려는 그를 황벽이 붙들었다.

"치성 너는 장차 본 문을 이끌어갈 재목이 아니더냐? 나와 뜻을 같이한다면 더 이상 네게 보장된 장래는 없을 것이다."

황벽의 진심 어린 염려에 잠시 침묵한 조치성은 흐르는 강물로 시선을 둔 채 말했다.

"삼장로님께서 지금 헤아릴 수 있는 것들을 하늘의 뜻으로 알고 지켜가는 수밖에는 도리가 없다고 하시지 않았습니까? 저 역시 제가 헤아린 것을 하늘의 뜻으로 알고 지키겠습니다."

"……."

재차 읍한 조치성은 그대로 몸을 돌렸다. 하지만 황벽은 묵묵히 고개를 끄덕일 뿐, 더 이상 그를 제지하지 않았다. 그의 두 눈에 담긴 굳은 뜻을 확인했기 때문이다.

"하늘이 끝까지 저 아이를 본 문에 남겨두신다면 그것이야말로 본 문에 큰 복이 될 터……."

황벽은 하늘을 우러르며 마음으로 빌었다.

第四十章

미묘지심(微妙之心)

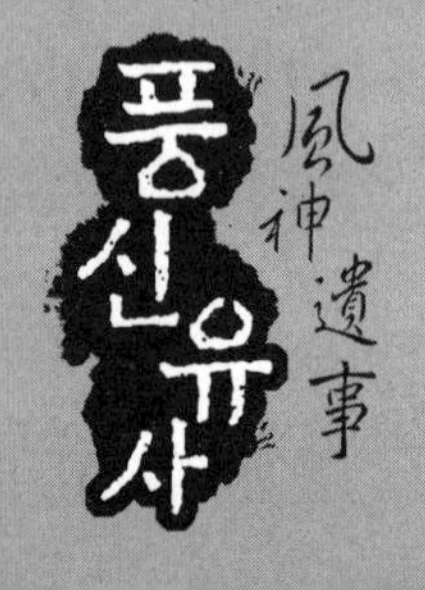
풍신유사
風神遺事

면국의 봄은 중원과는 비교할 수 없이 무덥다.

살랑!

습기를 잔뜩 머금은 온풍이 옷자락을 흩뜨렸다.

언제부터 서 있었을까?

관우는 준봉 위에 서서 하늘과 땅이 맞닿은 곳을 응시하고 있었다.

흐릿하던 두 눈은 본래의 색을 회복한 상태였다.

"언제까지 그렇게 서 있을 작정이지?"

뒤편 나무 그늘 속에 서 있던 진무영이 더 이상 참지 못하고 입을 열었다.

"오늘로 사흘째라고. 생각도 좋지만, 뭐 좀 먹어야 하지 않겠어?"

그녀는 대답없는 관우를 향해 연방 입을 놀렸다. 이제 관우는 대답을 못하는 것이 아니라 단지 대답을 하지 않을 뿐이라는 것을 아는 까닭이다.

그녀와의 싸움 도중 정신을 잃은 관우는 사흘 전 깨어난 후 줄곧 저곳에 서서 움직일 줄을 몰랐다.

다행스럽게도 상실되었던 이지를 되찾았지만, 진무영은 어떻게 된 일인지 매우 신기하지 않을 수 없었다.

그러나 깨어난 관우는 그와 같은 의문을 풀 기회를 그녀에게 허락하지 않았다. 그야말로 이제 관우는 풍령문의 전인이며, 그녀는 광령문의 소문주였기 때문이다.

피할 수 없는 운명이 두 사람 사이에 고스란히 놓이게 된 것이다.

"아직 떠나지 않았나?"

관우가 드디어 닫았던 입술을 뗐다.

무감정한 음성이지만 진무영에겐 고마울 따름이었다.

"그냥 갈 수가 없잖아? 깨어나길 애타게 기다린 여인에게 대뜸 가라는 한마디는 너무 가혹하다고 생각하지 않나?"

"……."

실망 섞인 그녀의 말에 관우는 침묵했다.

음성엔 그녀의 감정이 고스란히 묻어 나왔다.

모든 것이 드러난 마당에 이제 더 이상 감출 것은 없었다.
그리고 관우의 정체를 모두 알았음에도 그녀의 관우를 향한 마음은 바뀌지 않았다. 아니, 오히려 더 애틋해졌다.
진무영은 관우의 차가운 태도에도 불구하고 내심 반가웠다. 지금의 상황은 본래대로라면 이지를 회복한 관우가 당장 그녀의 목숨을 노리는 것이 당연할 상황이었다.
하지만 관우는 그렇게 하지 않았다. 그저 자신에게 떠나라고만 했을 뿐이다.
까닭은 모르지만 그 자체만으로 다행스러웠다. 적어도 자신이 관우의 눈에 반드시 제거해야 할 광령문도만으로는 비치지 않는다는 뜻이리라.
"뭐, 아무튼 그런 이야긴 나중에 하고, 일단 허기를 좀 달래는 게 어때? 사흘 동안 아무것도 먹지 못해 나는 당장 쓰러질 지경인데."
진무영은 가볍게 또 한마디를 내뱉었다.
그러나 그에 대한 관우의 대꾸는 싸늘한 것이었다.
"가라. 가지 않으면 내 손에 죽는다. 마지막 경고다."
"훗."
진무영은 나직하게 웃었다.
"언제부터 풍령문의 사람이 경고를 하고 광령문도를 처단했지? 날 죽일 생각이었다면 내가 지금 네 앞에서 입을 놀릴 수나 있었을까?"

"……."

"정확히는 모르겠지만 나를 당장에 죽이지 않는 까닭이 있는 것이 분명해. 그게 어떤 이유든 내겐 기쁠 수밖에 없는 일이야."

거침없이 말하는 그녀의 음성에선 두려움 따윈 전혀 느껴지지 않았다.

관우는 그녀의 말이 끝남과 동시에 신형을 돌렸다. 관우와 시선을 마주친 진무영은 순간 움찔했다. 전에 볼 수 없던 깊은 무거움이 관우의 두 눈에 자리 잡고 있었다.

'고독인가? 절망? 아니면 슬픔……?'

안타까움이 그녀의 마음을 스치고 지나갔다. 괴로워하고 있을 관우의 영혼이 측은했다.

그녀에게서 그러한 감정을 느낀 것일까? 그녀를 대한 관우의 눈빛도 살짝 흔들렸다.

그러나 관우는 여전히 차가운 음성으로 말했다.

"내가 언제든 너를 죽일 수 있다는 것을 안다면 나를 자극하지 마라."

"그 말은 자극만 하지 않으면 떠나지 않아도 된다는 말이군? 그렇지?"

관우는 고개를 저었다.

"떠나지 않으면 언제든 죽을 수 있다는 말이다."

"지금 내가 떠난다면?"

"......?"

"지금 떠나면 후에도 나를 죽이지 않을 거라 약속할 수 있나?"

"......"

즉각 대답하지 못하는 관우를 보며 진무영은 짐짓 씁쓸한 미소를 머금었다.

"그것 보라고. 네 말대로 언제든 네 손에 죽을 운명인데 굳이 도망가서 뭐 하겠어? 어차피 죽을 거라면 죽을 자린 내가 택할 수 있게 해달라고."

관우는 눈앞의 인물이 과연 진무영이 맞는지 잠시 의심했다.

그녀는 전혀 다른 사람이 되었다. 지금의 모습은 능청스럽기가 그지없었다. 얼마 전만 해도 그녀가 이처럼 자신 앞에서 쩔쩔매는 모습은 상상하기도 어려웠다.

관우는 더 이상 그녀와 말을 섞는 것을 그만뒀다. 그녀 말대로다. 관우는 그녀를 죽일 생각이 없었다, 적어도 지금은.

머릿속이 복잡했다. 모든 것이 뒤죽박죽 정리된 것이 아무것도 없었다.

정리가 되지 않으니, 마음의 결정을 내릴 수도 없는 상태였다.

마음을 다스리려 한 노력은 모두 허사가 될 뿐이었다.

'이제 나는 어찌해야 하는가?'

다행히 본래의 '나'로 돌아올 수는 있었지만 이에 대한 답을 얻지 못하는 한 아무것도 하지 못할 터였다.

지금과 같은 상태로 눈앞에 있는 진무영을 죽이고 싶진 않았다.

하늘이 부여한 자신의 운명에 대한 원망과 자신의 사명에 대한 회의마저 드는 상태에서 그녀를 죽이는 것은 아무런 의미가 없었다.

뿐만 아니라 여과없이 전달되는 자신을 향한 진무영의 마음도 망설이게 하는 데 한몫을 한 것이 사실이다.

그래서 가라고 했다.

지금 그녀는 존재 자체만으로도 자신에게 혼란만 더해줄 뿐이니까.

그런데 가질 않는다. 협박 따위가 통할 그녀가 아니었다.

관우는 진무영에게서 시선을 거두고 서 있던 봉우리에서 내려섰다.

자신의 앞을 지나쳐 갈 때까지 묵묵히 관우를 바라보던 진무영이 물었다.

"어디로 갈 생각이지?"

"……."

대답해 줄 리 만무하다.

하지만 알면서도 물어봤다. 이제 더는 관우가 자신에게 떠나라는 말을 하지 않으리란 사실만으로도 그녀는 즐거울 따름이었다.

그녀는 망설임없이 관우의 뒤를 따랐다.

관우는 그런 그녀를 제지하지 않았다.

한참을 그렇게 산길을 내려가던 두 사람.

문득 관우의 뒷모습을 바라보며 그녀가 말했다.

"정말 궁금한 것이 있는데 말이야, 도대체 어떻게 다시 제 정신으로 돌아올 수 있었던 거지?"

"……."

"아니, 그보다 먼저 왜 이지를 상실해 버렸는지, 그 이유부터 물어야 하는 건가?"

"……."

"훗, 대답할 리가 없겠지. 그런데 정말 궁금해. 지금까지 풍령문의 전인 중에 너와 같은 자는 없었거든. 수년 전에 우릴 찾아왔던 풍령문주도……."

진무영은 말을 하다 말고 멈춰 서야만 했다. 앞서 가던 관우가 돌연 걸음을 멈추었기 때문이다. 그녀는 뭔가를 알아채고 작게 탄성했다.

"아! 그자가 네 사부인가? 아무튼 그자 역시 조금 약한 것을 빼곤 특별한 점은 없었거든. 그런데 너는… 음?"

그녀는 또다시 말을 잇지 못했다. 차가운 칼끝이 그녀의 목을 압박하고 있었기 때문이다.

관우는 조금의 망설임도 없이 단숨에 칼을 빼 들었다. 그것은 어떠한 계산된 의도나 생각 따위가 개입된 행동이 아니었다. 격발된 감정으로 인한 본능적인 행위였다.

"그분에 대한 것은 한마디라도 입에 올리지 마라."

"……!"

진무영은 열기로 들끓는 관우의 시선을 보며 적잖이 놀랐다.

이처럼 격앙된 모습은 본 일이 없었다.

관우가 자신을 향해 검을 겨누는 동작에는 그 어떤 기운도 담겨 있지 않았다. 피하려면 얼마든지 피할 수 있었지만, 그녀는 그러지 못했다. 관우의 힘이 아닌 감정에 절로 압도당한 탓이었다.

'정말 죽일 생각이었어.'

한 치만 더 깊이 찔렀다면 이미 숨통이 끊어졌으리라.

무섭게 그녀를 노려보던 관우는 천천히 검을 거두며 돌아섰다.

주륵……!

한 줄기 피가 목의 굴곡을 따라 흘러내렸다. 진무영의 상의는 금세 붉게 얼룩졌다.

하지만 그녀는 이미 저만치 걸어가는 관우에게 두 눈을 고정시킨 채 한동안 움직일 줄을 몰랐다.

저물었던 태양이 다시 우편에서 서서히 고개를 내밀고 있었다.

산을 내려온 관우는 좁게 이어진 길을 따라 걷고, 또 걸었다. 단 한 번도 멈춰 서지 않았다.

그런 관우의 뒤를 진무영은 묵묵히 따랐다. 전날의 일 이후 그녀 역시 입을 닫고 한마디도 꺼내지 않았다.

하루 사이에 그녀의 행색은 말이 아니게 변했다. 내리쬐는 열기에 얼굴이 검게 그을렸다. 옷은 땀과 먼지에 찌든 것으로도 모자라 어제 흘린 피까지 더해져 누더기처럼 변해 버렸다.

흐트러진 머리를 쓸어 올리는 그녀의 손에 묻어나는 것은 습한 날씨로 인해 어쩔 수 없이 흘러내리는 땀이었다.

그녀를 아는 누군가가 지금 이런 모습을 보게 된다면 경악을 하고도 남을 일이었다.

하지만 정작 그녀는 이런 상태를 크게 개의치 않고 있었다. 오히려 지금껏 경험해 보지 못한 상황을 즐기고 있는 중이었다.

누군가의 뒤를 말없이 쫓는 묘한 기분.

그것은 굴욕도 아니요, 따분함도 아니요, 힘겨움도 아니었다. 그 쫓는 대상이 다름 아닌 자신이 마음에 담은 사내이기 때문이다.

그녀 역시 걷는 동안 자신의 처지를 곰곰이 생각해 보았지만, 결론은 한 가지였다. 그녀는 온전한 한 여인으로서 관우를 따르고 있었다. 그 외의 다른 것들은 부가적이며, 핑계일

뿐이었다.

'아직 여행은 끝나지 않았어.'

그저 관우의 뒤를 따르는 것만으로도 즐거움을 느낄 수 있다는 것이 그녀는 신기할 따름이었다.

다시 저녁이 되고 아침이 되기를 수차례 반복했다.

관우는 여전히 걸음을 멈추지 않았다.

속도를 늦추지도, 높이지도 않은 일정한 걸음이었다.

진무영 역시 관우와 동일한 간격을 유지하며 뒤를 따르고 있었다.

하지만 그녀는 이미 지쳐 있었다.

관우는 작정한 듯 아무런 기운을 사용하지 않고 있었다. 단순히 기본적인 체력으로 이동을 거듭할 뿐이었다.

이에 그녀 역시 술법을 사용하지 않았다. 특별한 이유는 없었다. 그저 그렇게 해야만 할 것 같았고, 또 그렇게 하고 싶었다.

그리고 이제 그녀가 가진 체력은 거의 한계에 다다랐다.

단 한차례도 쉬지 않고 무더위 속에서 험한 산길을 오르내렸다. 여인의 몸으로 지금까지 버틴 것도 초인적이라 할 것이다.

"후우… 후우……."

어느 때부터인가 그녀의 호흡은 거칠어지기 시작했다.

진무영은 두어 걸음 앞서 가는 관우의 뒷모습을 새삼 쳐다보았다. 그녀의 두 눈에 살짝 야속함이 스쳐 지나갔다.

'정말 무심해.'

힘이 드니까 생각이 단순해졌다.

더 이상 안 될 것 같으면 지금이라도 술법을 쓰면 될 일이었다. 그러나 그러기는 싫었다.

그녀는 스스로 생각해도 우스운지 피식거렸다. 그리고 이를 악물었다. 남은 힘을 쥐어짜 내어서라도 끝까지 따라가리라!

'그래도 쓰러지면 모른 척하진 않겠지?'

내심 쓴웃음을 머금은 그녀였다.

"후읍! 하아……!"

길은 점점 가팔라졌다.

아직 끝도 보이지 않는 봉우리들이 하늘 끝에 버티고 서 있었다.

면국과 중원을 잇는 길목인 운남의 경계.

인적은 끊긴 지 오래고, 서서히 바람에서 한기가 느껴지기 시작한다.

진무영은 후들거리는 다리를 양손으로 부여잡고 힘겹게 걸음을 옮기고 있었다.

앞서 가는 관우의 입에서도 뜨거운 김이 새어 나오기 시작했다. 처음과 비교하면 이동 속도 또한 현저히 떨어졌다. 이제 관우 역시 지치긴 마찬가지.

잠을 자기는커녕, 단 일각도 쉬지 않고 이동한 결과였다.

털썩!

한계에 다다른 진무영의 무릎이 기어이 꺾이고야 말았다.

거친 숨을 토해내며 그녀는 고개를 들었다. 멀어지고 있는 관우의 뒷모습이 보인다.

'치잇!'

이렇게 야속할 줄이야!

입술을 깨문 그녀는 부들거리는 두 다리를 억지로 일으켜 세웠다. 그러나…….

털썩!

이미 체력은 바닥을 드러냈다. 정신력으로 버티는 것도 한계가 있는 것이다.

"후아……! 후웁! 하아……!"

맥없이 쓰러진 그녀의 가슴이 크게 들썩거렸다.

눈동자는 초점을 잃고 자꾸만 위를 향하고 있었다.

온몸의 힘이 빠져나간다.

눈앞이 점점 흐릿해졌다.

그렇게 마지막 정신을 놓기 직전.

그녀의 입가에 언뜻 미소가 걸렸다. 어느새 그녀의 눈앞에는 매우 익숙한 자의 두 발이 놓여 있었다.

타닥……!

정신을 차린 진무영이 처음 본 것은 어둠 가운데 타고 있는 불꽃이었다.

그녀는 모닥불 옆 편편한 곳에 눕혀진 상태였다.

깨어나자마자 급히 사방을 두리번거린 그녀는 이내 뭔가를 발견하곤 안심했다.

관우는 그녀의 맞은편에 앉아 있었다. 깔끔한 행색은 아니었지만 조금도 흐트러짐이 없는 모습이었다.

진무영은 양손을 베고 모로 누웠다. 그리고 그 상태로 관우를 묵묵히 응시했다.

자신이 깬 것을 알고 있으면서도 관우는 여전히 말이 없다.

그렇다면 자신 역시 말을 하지 않을 것이다. 이미 관우가 먼저 말을 걸기 전에는 입을 열지 않기로 작정을 했으니까.

하지만 그녀는 곧 누군가 옆구리를 찌른 듯 온몸이 경직되고 말았다.

"왜 그런 거지?"

"……!"

그녀는 자신의 귀를 의심해야만 했다. 시선은 자신을 향하고 있지 않았지만 방금 들린 것은 관우의 음성이 틀림없었다.

마음을 가라앉힌 그녀는 차분히 대꾸했다.

"무슨 뜻이지?"

관우는 드디어 그녀와 시선을 마주했다. 불꽃 사이로 관우의 무거운 눈빛이 보였다.

"왜 술법을 쓰지 않았나?"

"네가 쓰지 않았으니까."

"……."

진무영은 관우의 두 눈을 지그시 바라봤다. 불꽃만큼 뜨거운 열기가 거기서도 피어올랐다.

"본래 그렇게 어리석은 자였나?"

"훗, 신기해."

"……?"

"그런 말을 들어도 오히려 기분이 좋은 건 왜일까?"

그녀의 얼굴에 절로 미소가 번졌다. 흐트러진 모습임에도 갓 피어난 매화와 같은 청초함이 느껴지는 미소였다.

관우가 말이 없자 그녀는 기회를 잡았다 싶었는지 몸을 일으켜 앉았다.

"네가 먼저 물었으니, 나도 하나만 묻지. 왜 돌아온 거지?"

"팔을 고쳐준 대가."

"대가치곤 큰걸? 넌 팔이었고, 나는 목숨이니까."

"……."

진무영은 관우를 향해 다시 웃어 보였다. 마치 관우의 속내를 알고 있다는 듯한 표정이었다.

탈진했다고 죽지는 않는다. 그러나 그때의 상황이었다면

진무영은 위험했다. 적어도 관우의 판단으론 그러했다.
뒤를 따라오는 내내 술법을 쓰지 않았던 그녀다. 게다가 쓰러져 정신을 잃는 순간까지 술법을 사용하지 않았다.
땀으로 젖은 몸과 차가운 바람, 그리고 탈진한 몸.
그대로 죽을 수도 있는 상태였던 것이다. 관우가 걸음을 멈추고 그녀의 몸을 추스른 이유였다.
진무영은 그와 같은 관우의 내심을 짐작했기에 관우가 자신의 목숨을 살렸다고 말한 것이다.
한동안 진무영을 응시하던 관우는 이내 그녀에게서 시선을 거두고 곁에 놓인 나뭇가지를 불속에 던져 넣었다.
타탁……!
불꽃이 이리저리 흔들리며 티가 날았다.
문득 관우가 물었다.
"너희의 목적은 뭐지? 세상의 혼란과 파괴, 그것뿐인가?"
예상 밖의 질문이었다. 하지만 진무영은 길게 고민하지 않고 대답했다.
"그건 풍령문의 생각이지. 우리는 애초부터 세상을 혼란에 빠뜨릴 목적 따윈 없었어. 파괴는 더더욱 아니지. 그저 우리가 가진 힘으로 세상을 우리의 뜻대로 지배하고 싶었을 뿐이야. 그리고 그건 수문과 지문도 마찬가지지."
"너희로 인해 세상의 질서가 어긋나고 많은 이들이 희생당했다. 그건 그저 수단과 과정에 불과했나?"

"욕심… 이라고 해두지."

"욕심?"

"힘을 가졌으니까. 그 정도 욕심은 부릴 만하지 않을까?"

"그 욕심에 의한 결과가 혼란과 파괴이기에 너희는 악(惡)의 무리가 될 수밖에 없다."

진무영은 관우의 말에 살며시 고개를 저었다.

"악의 무리라… 미안하지만 받아들이기가 서글픈 말이군. 누구나 욕심을 부리며 살지. 하늘이 정해준 한계 내에서 말이야. 하늘은 애초에 우리에게 매우 큰 한계를 부여했어. 우린 누구도 갖지 못한 힘을 허락받았고, 그 힘에 걸맞는 삶이 필요했던 것뿐이야. 우리로 인해 세상의 질서가 어긋난다고? 그건 정말 동의할 수 없군. 세상의 질서가 어긋나는 것은 그 누구의 의도도 아닌, 하늘의 뜻이야. 덕분에 우리는 강해지게 되었고, 마침내 풍령문도 우리를 막아서기 어렵게 되었지. 뭐, 결국은 너와 같은 자가 나타났지만 말이야."

그녀의 음성은 시종 차분함을 유지했다.

관우의 생각을 반박하는 것이 아니라, 일종의 자기변호처럼 되어버렸다. 그것이 그녀를 조금 씁쓸하게 만들었다.

관우는 그녀의 말이 끝난 후에도 한동안 침묵을 지켰다. 그녀의 입에서 나온 한마디 때문이었다.

'하늘의 뜻…….'

진무영의 말을 한마디로 정의하자면, 하늘이 이 모든 상황을 초래했으니, 굳이 탓을 하려면 자신들이 아닌 하늘을 탓하라는 뜻이었다.

어처구니가 없는 말이다. 모든 악행을 하늘의 탓으로 돌린다면 세상에서 선악의 구별이 무슨 의미가 있으며, 천륜과 인의가 다 무슨 소용이란 말인가?

그런데 지금의 관우에겐 진무영의 말이 그렇게 들리지가 않았다. 그녀의 말에 대한 동의가 마음 한편에서 강하게 일어나는 것이 느껴졌다.

자신도 사실은 저들 무리 가운데서 태어나지 않았던가?

결국 인간은 하늘의 뜻에 놀아나는 것이 아닌가?

거기에 놀아나 사부도 죽이고, 아버지도 죽일 뻔하지 않았는가?

그래놓고 이제 다시 기억을 되찾게 함은 무슨 의도란 말인가!

차라리 끝까지 기억을 잃은 채로 놔두기라도 하였으면 이렇게 괴롭지는 않았을 터!

'아아! 이제 나는 무엇을 어찌해야 하는가!'

다시금 머릿속이 혼란에 휩싸였다.

모든 것이 헛되게 여겨지고, 아무런 의욕조차 생기질 않는다.

가슴이 답답했다. 진무영만 눈앞에 없었다면 주먹으로 세차게 두드리고 싶을 정도였다.

그런 관우의 괴로움을 읽은 것일까?
진무영이 조심스럽게 물어왔다.
"괜찮은 건가? 좋지 않아 보이는군."
그녀의 음성에 관우는 상념에서 벗어났다. 그녀를 바라보며 관우가 말했다.
"그만 자둬. 내일 아침 산을 넘을 거다."
"이야기는 여기서 끝인 거야?"
진무영은 의아한 표정으로 물었다.
하지만 이내 무슨 생각이 들었는지 약간 들뜬 목소리로 다시 질문을 던졌다.
"잠깐! 그 얘기는 이제 나와 함께 다니겠다는 뜻인가?"
"……."
"훗! 그렇다면 목적지가 어디인지 물어봐도 되겠군?"
"대리."
"대리? 거긴 왜……?"
"……."
"아, 그것까진 물어보지 말아야 하는 건가? 아무튼 힘들었지만 이제부터는 즐거운 여행이 될 것 같군."
진무영은 다시금 누우려 자리를 정돈했다. 얼굴에선 미소가 떠나질 않는다.
하지만 그녀는 누울 수 없었다. 미소를 지우고 그녀가 말했다.

"편하게 자기는 어려울 듯하군."

관우는 이미 자리에서 일어선 채 굳은 얼굴로 어둠 속을 응시하고 있었다.

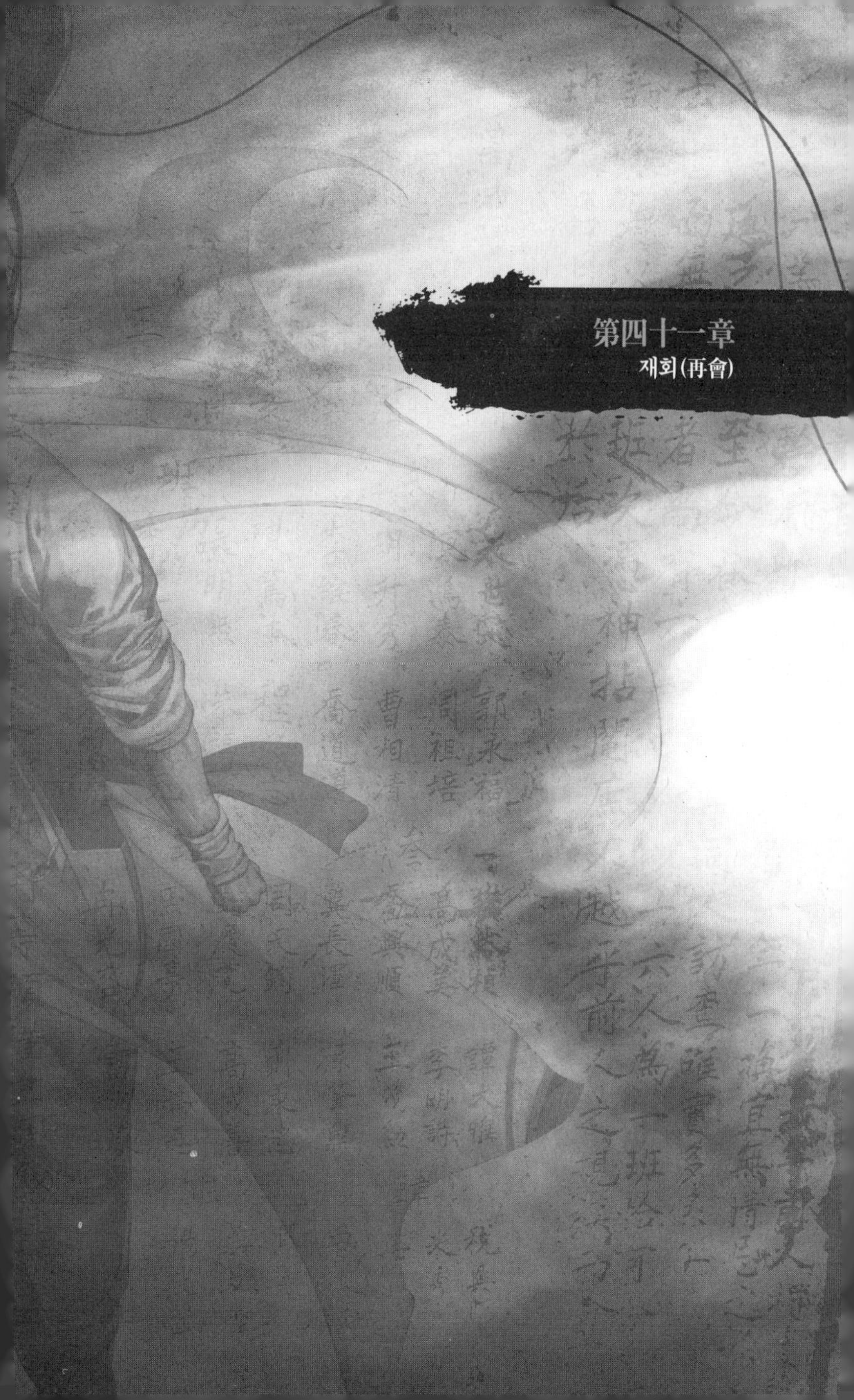

第四十一章

재회(再會)

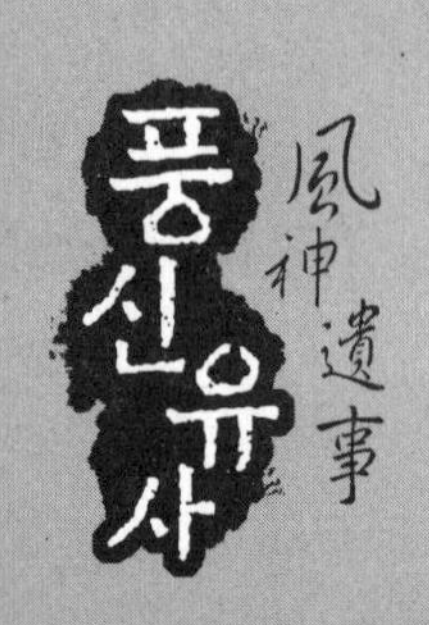
풍신유사
風神遺事

열두 개의 기척이 느껴진다.

두 사람을 중심으로 사방에 퍼져 있었다.

거리는 백 장.

애매한 거리였다.

염탐인가, 단순한 추적인가? 그것도 아니면 공격인가?

상황을 대강 파악한 진무영이 입을 열었다.

"일단 수문과 지문 쪽은 아닌 듯한데… 어떻게 생각해?"

관우 역시 그녀의 말에 동의했다. 수령문도와 지령문도에게서 느껴지는 기운이 아니었다.

하지만 진무영이 물은 것은 자신의 의견에 대한 동의 여부가 아님을 관우는 잘 알고 있었다.

"더 이상 움직이지 않는 걸 보니 우리의 행적을 쫓는 자들인 것 같군. 어찌할 생각이지?"

"……."

관우는 대답 대신 한차례 그녀를 응시했다.

이러한 상황에서 자신의 뜻을 묻는 것은 모든 주도권을 자신에게 넘긴다는 뜻이었다. 그녀의 눈빛 또한 그것을 말하고 있었다.

불과 얼마 전만해도 상상하기 어려운 일이었다. 그러나 진무영의 태도는 의아할 정도로 매우 자연스러웠다.

힘에 의한 굴복이 아닌 순전히 마음에 의한 굴복.

'……!'

관우는 내심 움찔하며 황급히 그녀에게서 시선을 뗐다. 순간 진무영이 여인으로 보였기 때문이다.

"뭐지? 대답이 없는 건 그냥 두고 지켜보자는 뜻인가?"

그녀의 음성이 재차 들리자 당혹감을 떨친 관우가 말했다.

"잠시 이곳에 있도록 해."

그리곤 관우는 망설임없이 신형을 날렸다.

"아는 자들인가?"

홀로 남은 진무영이 관우가 사라진 곳을 바라보며 중얼거렸다.

관우는 진무영의 시야에서 벗어나자마자 공중으로 솟구쳐 올랐다.

풍기를 팔 할까지 개방한 상태라 누구도 관우를 인지할 수 없었다.

열둘의 기척이 더욱 가까이 느껴졌다. 매우 익숙한 기운…….

'천문이 확실해.'

조금 전까진 약간의 의심을 가졌지만 이제는 단정할 수 있었다.

천문이 왜 자신의 행적을 뒤쫓는가?

아직은 명확하게 짐작되는 것이 없었다. 그렇기에 먼저 그것을 알아봐야 했다. 그전에는 이들과 부딪치는 일이 없어야 했다. 그것이 진무영을 두고 혼자 나선 이유였다.

관우가 보기에 이들 열두 명은 은신에 매우 뛰어난 자들이었다. 비록 지령문의 암곤들에는 미치지 못하지만, 무공을 익힌 무인들 중엔 이들의 기척을 감지할 수 있는 자는 거의 없을 거란 생각이 들었다.

그런데 지금 죽은 듯이 있던 이들이 조금씩 움직임을 보였다. 산개해 있다가 한곳으로 모이고 있었다. 아마도 갑작스럽게 사라진 자신으로 인해 당황한 것이리라.

관우는 열둘 중 가장 우측에 은신했던 자에게 서서히 접근했다.

하지만 도중에 관우는 멈칫거렸다.

몇 개의 기운이 더 감지되었다. 우측 산등성이에 네 사람이 더 있었다. 거리는 오백여 장. 매우 먼 거리다.

그러나 관우는 그들을 가볍게 여길 수 없었다.

네 사람이 내뿜는 기운은 강했다. 자신들의 기운을 감추지 않고 일부러 개방했다는 뜻이었다.

뿐만 아니라 그 기운 자체는 관우에겐 익숙함을 넘어 매우 친숙한 것이었다.

'어째서 그들이 직접……?'

관우는 의아했다. 어찌 이 멀리까지 자신을 찾아왔단 말인가?

반가움보다는 염려가 앞섰다.

당혹스러움을 누르며 관우는 산등성이 쪽으로 방향을 틀었다.

"정말 이렇게 해도 괜찮겠습니까?"

어둠 속을 내려다보던 조치성이 앞에 서 있는 황벽을 향해 물었다.

이렇게 대놓고 정체를 드러내는 것은 위험했다. 저곳에는 관우 혼자만이 있는 게 아니었기 때문이다.

황벽은 작게 고개를 끄덕였다.

"그 아이라면 우리의 의도를 외면하진 않을 것이다. 내가 아는 그 아이라면."

그러자 조치성의 옆에 서 있던 양사동이 입을 열었다.

"대사형, 아니, 선인께서 오신다고 해도 저희를 반가워하실지 모르겠습니다."

자기도 모르게 대사형이란 말을 내뱉은 그는 약간 겸연쩍은 표정이 되었다.

황벽은 이를 모른 체하며 말했다.

"우리가 반가울 리는 없을 것이다. 오히려 우리가 이곳까지 온 까닭이 매우 궁금하겠지. 하나 모든 것은 지금 그 아이의 사정이 어떠한지에 달렸지 않겠느냐?"

"그게 무슨 말씀이신지요?"

"그 아이는 지금 광령문의 소문주와 함께 있다. 그와의 관계가 어떠하냐에 따라 우리가 달가울 수도, 아닐 수도 있겠지."

"하지만 당하연 소저의 말에 따르면, 광령문의 소문주가 천축까지 동행한 이유는 선인을 감시하기 위해서이지 않습니까? 그렇다면 우리가 이곳까지 온 것이 선인을 더욱 불편하게 하는 일이 아니겠습니까?"

양사동은 염려가 풀리지 않는지 거듭 의문을 던졌다. 하지만 이에 대하여 답을 내놓은 것은 황벽이 아닌 그의 누이 양설지였다.

"꼭 그렇다고 말하긴 어려워."

“……?”

“사정이 달라졌을 수도 있다는 말이다.”

“달라지다니요? 어떻게요?”

“그건 알 수 없지만, 선인께서 지금도 전과 같이 광령문의 소문주에게 감시를 받고 있는 처지라고 단언할 수는 없다는 거다. 몇 가지 정황을 고려하면 더욱 그렇지.”

“정황이라면 어떤……?”

양사동은 더 이상 말을 이을 수 없었다.

모두의 시선이 한곳을 향했다. 불과 삼 장 떨어진 곳에 한 인영이 서 있었다.

“아……!”

놀람과 반가움에 뭐라 말을 하려던 양사동은 뭔가가 속에서 턱, 하고 내리누르는 기분에 나오려던 말을 삼켜야만 했다.

눈앞에 나타난 자는 분명 관우였다. 그런데 뭔가 낯설다. 자신이 알고 있던 관우가 아닌 것만 같았다.

그러한 생각은 비단 그만의 것이 아니었다. 나머지 세 사람도 관우를 보자마자 동일한 느낌을 받았다.

‘으음, 어둡구나. 대체 이 아이에게 무슨 일이 있었던가?’

황벽은 내심 안타까워하며 입을 열었다.

“기대대로 와주었구나.”

관우는 그를 보며 공손히 읍하였다.

"그간 무고하셨습니까, 어르신."

삼 년 수련을 마치고 헤어진 뒤, 거의 일 년 만이었다.

각별하다고 하면 매우 각별할 수 있는 두 사람이었다. 나눌 이야기와 서로의 얼굴을 보며 미소를 지을 일도 많았다.

그러나 오랜만에 만난 두 사람 사이에 그런 것은 찾아볼 수 없었다. 미소없는 얼굴로 묵묵히 서로를 바라볼 뿐이었다.

"힘들어 보이는구나."

"……!"

관우는 그의 말에 가슴이 울컥했다.

왜 그런지는 모른다. 그저 황벽의 한마디가 한겨울에 불어온 온풍처럼 더없이 따스하게 느껴졌을 뿐이다.

진탕된 마음을 진정시키며 관우가 말했다.

"여정이 조금 힘들었던 탓인 듯합니다. 염려치 마십시오."

"그렇다면 다행이구나."

"한데 여기까지 저를 찾아오신 것입니까?"

황벽은 고개를 끄덕였다.

"놀랐느냐?"

"조금은 그렇습니다."

"그렇겠지. 하나 이런 식으로라도 급히 너를 찾을 수밖에 없는 사정이 있었다."

"제게 특별한 용건이 있으신 겁니까?"

"그렇다."

관우는 잠시 침묵하더니 말했다.

"짧게 끝날 이야기는 아닌 듯하군요. 그렇다면 잠시 다녀오겠습니다."

"사정을 두어주겠느냐?"

"그리하겠습니다."

"고맙구나."

황벽은 옅은 미소를 보였다. 그 미소를 짧게 일별한 관우는 이내 시야에서 사라져 버렸다.

나타날 때와 마찬가지로 관우의 기척은 전혀 감지되지 않았다. 방금 전까지 존재했던 것이 눈 깜짝할 사이에 사라져 버리는 믿지 못할 일이 눈앞에서 벌어졌다.

사람이라면 이럴 수는 없었다.

"힘과 눈빛, 분위기, 모든 것이 예전의 그 친구가 아닙니다. 괜찮겠습니까?"

조치성이 감탄과 걱정이 뒤섞인 음성으로 말했다.

"적어도 허언을 할 아이는 아니니 천비사의 안위는 염려하지 않아도 될 게다."

"으음……."

조치성은 낮게 침음하며 생각에 잠겼다.

그런 그를 보며 황벽이 넌지시 물었다.

"섭섭한 것이냐?"

"조금은……. 저희들에겐 눈길조차 주지 않더군요."

"그럴 테지. 너희와 마찬가지로 저 아이 역시 너희를 대하는 것이 편치는 않을 게다. 그런데 저 아이의 눈에 드리운 그늘이 마음에 걸리는구나."

"저 역시 그렇습니다. 뭔가 좋지 않은 일을 겪은 듯한데……."

"그래도 저 아이의 행동이 생각보다 자유로운 것을 보니, 설지가 이야기한 대로 사정이 바뀐 것은 분명한 듯하다."

"하나, 느낌이 좋지 않습니다."

조치성은 굳은 얼굴로 말했다.

"어차피 모든 것은 저 아이에게 달린 것이 아니겠느냐? 돌아오길 기다려 보자꾸나."

말은 그렇게 했지만 황벽 역시 내심 피어오르는 불안감을 완전히 떨치지는 못했다.

다시 산등성이를 내려온 관우는 열두 명의 천비사를 향해 접근했다.

그들은 지금 진무영이 있는 곳으로 조심스럽게 움직이는 중이었다.

관우는 황벽의 눈치와 돌아가는 사정을 보고 지금의 상황을 파악할 수 있었다.

무슨 까닭인지는 모르지만 천문에서 사람을 풀어 자신을 쫓고 있었다. 거기엔 황벽 등 네 사람도 포함됐지만, 황벽은 분명 자신에게 특별한 용건이 있다고 말했다. 이들 열두 명과는 목적이 다르다는 뜻이리라.

이들 열두 명에겐 적개심이 느껴졌다. 자신이 사라진 것을 안 뒤엔 그것을 더욱 뚜렷하게 표출했다.

관우는 황벽 등 네 사람을 위해 이들을 적절히 막아야 한다고 생각했다. 일단 자세한 사정을 알기 전에는 이들이 진무영과 부딪치지 않는 것이 좋았다.

슥……!

한줄기 바람이 무성한 풀숲을 스치고 지나갔다.

바람은 풀숲 가장자리에 머물렀다.

툭!

뭔가가 수풀 더미 위에 넘어졌다.

그것이 신호가 되었다.

사사사사삭……!

사방에서 그곳을 향해 인영들이 달려들었다. 그야말로 전광석화와 같은 빠르기.

하지만 그들은 뭔가 이상함을 느꼈는지 달려들던 것보다도 빠르게 뒤로 물러섰다.

그들의 움직임엔 한 치의 오차가 없다. 이제 열하나가 된 그들은 갈지[之]자 모양으로 뭉쳐 사방을 경계했다.

숨 막히는 긴장감이 주변을 내리눌렀다.

십일 인의 목젖이 누가 먼저랄 것도 없이 일제히 꿈틀거렸다.

휘잉……!

또 한차례 바람이 스쳐 지나갔다.

툭!

끝자리에 위치한 천비사 둘이 맥없이 쓰러졌다. 세 명째.

그러나 기척조차 잡을 수 없었다. 손 한 번 써볼 엄두조차 나질 않는다.

처음과는 달리 남은 자들의 모습에서 당황한 빛이 역력해졌다.

보이지 않지만 존재하는 적.

하지만 그들 역시 보통 인물들은 아니었다.

검을 빼 든 그들은 허공을 향해 일사불란하게 휘둘렀다.

새하얀 검광이 어둠 속에서 번쩍거렸다. 그들은 그와 같은 동작을 간헐적으로 반복하였다.

얼핏 아무렇게나 휘두르는 것 같아 보이지만, 그게 아니었다.

그들은 관우가 바람 속에 몸을 숨기고 자신들을 공격하고 있음을 파악했다. 하여 그들은 조금이라도 바람의 낌새가 느껴지면 곧장 검을 휘둘렀다.

범위는 각자 위치한 곳, 전방 오 장 이내.

한 치의 오차도 없어야 했다. 단칼에 자신이 맡은 구역의 상하좌우를 봉쇄해야 한다. 그래야만 나와 동료 모두가 안전하다.

관우는 그들의 대응에 표정을 굳혔다. 저렇게 나오면 지금의 방식으론 어려웠다.

풍기를 이용한 공격은 어떤 식으로든 바람을 이용해야 한다. 관우는 기척을 숨기는 수단으로만 바람을 이용했다. 그래야만 천비단원들의 피해를 최소화할 수 있기 때문이었다.

그런데 저들의 뛰어난 능력이 문제였다. 자신의 기척을 바람에 숨길 수는 있었지만, 바람 자체를 숨길 수는 없는 일.

천비단원들은 감지되는 모든 바람에 반응하여 검을 휘두를 작정이었다. 거기에 대응하려면 어쩔 수 없이 바람으로 직접적인 타격을 줄 수밖에 없었다. 저들이 지칠 때까지 마냥 기다릴 여유가 없기 때문이었다.

결정을 내린 관우가 우수를 허공에 대고 가볍게 흔들었다.

대기가 출렁이며 천비단원들을 향해 밀려들었다.

"읔!"

갑작스레 닥친 큰 압박에 그들 모두가 휘청거렸다. 그러나 그들은 끝내 버텨내며 자세를 정비했다. 또한 거기에 그치지 않고 관우가 있는 곳을 향해 달려들었다.

이를 보며 관우는 미간을 좁혔다.

천비단원들의 공격은 쾌속하면서도 치밀했다.

순식간에 관우가 있을 만한 곳의 모든 방위를 점한 그들은 팔방에서 검을 짓쳐들어 왔다.

'어쩔 수 없겠어.'

관우의 허리에 매달려 있던 검이 검집째 빠져나왔다. 관우 주변의 대기가 요동치기 시작했고, 그에 맞춰 검이 허공을 배회했다.

검은 날아드는 천비단원들이 뿌린 검광들 속을 헤집었다.

팅! 티팅……!

요란한 금속성이 귀청을 파고들었다.

"흐윽!"

난무하는 소음 속에서 고통스런 신음 소리가 들려왔다.

또다시 동료 하나가 쓰러진 것을 본 천비단원들은 어느새 공격 목표를 바꿔 관우가 날린 검을 쫓았다. 아니, 그것을 피하고 막는 데 급급해졌다고 하는 것이 옳으리라.

검은 천비단원들을 농락했다. 마치 살아 있는 것처럼 여덟 명의 사이사이를 파고들며 공격을 감행했다. 무인들 사이에 전설로 전해지는 어검술도 이와 같진 못하리라.

팔 인이 허공을 나는 검 하나와 사투를 벌이는 괴이한 장면이 얼마간 이어졌다.

그리고 그 와중에 검에 맞아 쓰러지는 자들이 하나둘 늘어났다.

일각 뒤.

흐릿하게 관우의 모습이 드러났다. 동시에 허공을 배회하던 검이 관우의 손으로 되돌아왔다.

더 이상 서 있는 천비단원은 없었다. 그렇다고 목숨을 잃은 자도 없다. 모두가 정신을 잃었을 뿐이다.

그들을 내려다보는 관우의 모습은 조금도 흐트러짐이 없었다.

천비사를 제압하기 위해 관우가 사용한 풍기는 십 할. 풍기를 모두 개방한 것은 이번이 처음이었다.

바람을 조종하여 사물을 움직이는 것은 생각보다 쉽지 않음을 관우는 깨달았다.

사물을 움직이려면 바람의 강약과 방향을 미세하게 조정하는 능력이 요구되었다.

그에 비하면 바람을 이용하여 이동을 하거나 바람의 힘으로 상대를 압박하는 것은 비교적 간단한 축에 속했다.

어쨌든 관우는 자신이 더 이상 풍기를 활용하는 데 있어서 아무런 제약이 없음을 재차 확인하게 되었다.

폭주하려는 풍령의 힘을 적절히 조절하는 것이 관건이긴 하지만 말이다.

"누군가 했더니 천문이란 곳의 문도들이었나?"

진무영의 음성이었다. 그녀가 가까이 온 것을 이미 알고 있던 관우였다.

"건곤문이란 건 지어낸 것이겠지만, 어쨌든 천문과는 인연이 있긴 있나 보군."

그녀는 쓰러진 천비사들을 살피며 혼잣말처럼 중얼거렸

다. 그리곤 곧 관우를 향해 야릇한 미소를 지어 보였다.

“무슨 일인지 물어보면 대답을 안 해줄 건가?”

“아직 아는 것이 없다.”

“그럼 이제 저들에게 가서 물어볼 차례인가?”

“오래 걸리지 않는다.”

“계속 여기에 꼼짝 말고 있으란 소리로군?”

짐짓 투정을 부리듯 말하는 그녀.

하지만 그녀는 이내 진지하게 말했다.

“수문이 가만히 있지 않을 거야. 아마도 네 진정한 정체를 알게 된 후 모두가 발칵 뒤집어졌을 테지. 그리고 그건 본 문이나 지문도 마찬가지일 테고.”

관우는 그녀의 말뜻을 모르지 않았다.

진무영은 위험을 말하고 있었다. 더 이상 자신이 풍령문의 전인이라는 사실은 비밀이 아니었다.

이제 원하든, 원하지 않든 광령문 등 세 문파와 부딪칠 수밖에 없다.

“곧 그들이 널 찾아올 거야. 와서 네 힘을 확인하려 하겠지. 대리까지의 여정은 평탄치 않을 거야.”

“무엇을 말하고 싶은 거지?”

“조금은 조심해야 한다는 것… 그것뿐이야.”

“내가 너희를 감당할 수 없을 것 같나 보군.”

“네 힘이 믿기지 않을 만큼 강하다는 건 알겠어. 확실히 나는 너를 이길 자신이 없으니까. 하지만 내 아버지를 비롯한 각 문의 어른들이라면 이야기가 다를 거야."

"그들이라면 나를 상대할 수 있다는 뜻인가?"

"물론 혼자라면 불가능하겠지. 하지만……."

"힘을 합치면 가능하다는 말이군."

"우리의 힘을 전과 같이 생각해선 안 돼."

진무영은 무언가를 더 말하고 싶었지만 참았다.

관우는 그녀가 무엇을 말하려고 했는지 짐작할 수 있었다.

"그래, 네 말대로 너희는 강해졌어, 내 사부님이 감당할 수 없을 만큼."

"……!"

"그러나 나 역시 사부님과는 다르다는 것을 너흰 명심해야 할 거야."

싸늘하기까지 한 음성이었다.

진무영은 관우의 감정이 폭발하기 직전임을 알면서도 입을 열었다.

"꼭 우릴 막아야 해?"

"……?!"

"그냥 놔둘 수는 없는 건가?"

관우는 그녀를 쏘아봤다.

"오히려 내가 묻고 싶은 말이다. 너희 스스로 그만둘 수는 없는 거냐?"

진무영은 안타까운 시선으로 관우를 바라봤다.

"위험하니까, 널 잃기가 싫으니까."

"……."

서로의 대답은 그것으로 끝이었다. 관우는 그녀에게서 시선을 돌리며 말했다.

"돌아가. 지금 가지 않으면 후회하게 될 거다."

진무영은 조금의 망설임도 없이 고개를 저었다.

"아니, 가더라도 지금은 아니야."

관우는 더 이상 입을 열지 않았다.

잠시 후 관우의 모습은 그곳에서 사라졌고, 진무영은 다시금 홀로 남았다.

관우가 다시 산등성이에 모습을 드러낸 것은 일다경이 흐른 뒤였다.

황벽 등 네 사람은 관우가 어떻게 천비사들을 제압했는지 모두 지켜보았다. 정확히는 검 한 자루가 허공을 헤집는 장면을 본 것이지만 말이다.

관우를 바라보는 그들의 두 눈엔 전에 없던 열기가 피어오르고 있었다. 그것은 경탄과 놀람의 자연스런 표현이었다.

"손에 사정을 두어줘서 고맙구나."

황벽이 입을 열자 관우는 살짝 고개를 숙이며 말했다.

"이제 말씀을 해주시지요. 저를 찾아오신 특별한 용건이란

게 무엇입니까?"

그 말에 조치성 등 세 사람의 표정이 살짝 굳었다. 그래도 옛 정리라는 것이 있는데, 관우의 태도는 너무도 냉랭했다.

하지만 황벽은 별다른 내색 없이 한차례 고개를 끄덕였다.

"자세히는 알 수 없으나 뭔가 급한 사정이 있는 듯하구나. 우리 역시 크게 여유가 없으니 바로 이야기하도록 하마. 너는 혹시 작금에 중원에서 벌어지는 일들에 대하여 알고 있느냐?"

"얼마 전부터 소식이 끊겨 자세한 사정은 알지 못합니다. 한데 그것은 왜 물으십니까?"

"음, 역시 그랬구나. 지금 중원의 사정이 급박하게 돌아가고 있다."

"……?"

"네 행적이 묘연해진 후에 광독인이라는 존재가 나타나 광령문 등 세 곳에 타격을 줌은 물론이고, 무림인들까지 닥치는 대로 해하고 있다."

"광독인… 이라 하셨습니까?"

뜻밖의 말에 관우는 놀란 표정이 되었다.

"그렇다. 말 그대로 광독인은 이성이 온전치 못한 존재다. 그들이 내뿜는 독기는 저들조차 감당하기 어려울 정도로 무서운 것이다. 네가 이끌던 군무단 또한 광독인에 의해 전멸되었느니라."

“……!”

관우는 큰 충격으로 잠시 할 말을 잃었다.

‘전멸이라니?’

잠시 잊고 있었던 군무단이었다. 황벽이 언급하지 않았으면 언제 떠올렸을지 모를 이름.

단원들의 얼굴이 하나둘 떠올랐다.

그들과 나눈 말들과 그들과 함께한 일들이 뇌리를 스쳤다.

‘만유반야대선공은……?’

거기까지 생각이 이르렀을 때 관우는 내심 탄식하지 않을 수 없었다.

자신이 천축으로 떠난 본래 이유, 그리고 위탕복 등과 한 약속들.

모든 것을 잊고 있었다. 아니, 일부러 생각하지 않으려 했던 것일지도 모른다.

그때였다.

‘설마……?’

상념에 잠겨 있던 관우의 머릿속에 문득 한 가지 생각이 떠올랐다.

“독기를 내뿜는다 함은 혹… 당가의……?”

관우의 조심스런 물음에 황벽은 무겁게 고개를 끄덕였다.

“맞다. 광독인은 당가가 심혈을 기울여 준비한 살아 있는 병기다. 또한 그 첫 번째 시술 대상자는 다름 아닌 전대 당가주였다."

"……!"

갈수록 충격이었다. 이쯤 되면 경악할 만한 수준이었다.

광독인이 당가에서 탄생한… 그것도 당하연의 아버지라니!

"다녀오면 말해주지, 뭐."

'아뿔싸!'

마지막 헤어지기 전 뭔가를 말하기 위해 망설였던 당하연의 모습을 떠올리며 관우는 내심 가슴을 쳤다.

'연 매!'

한 번 그녀의 이름을 떠올리자 머릿속이 온통 그녀에 대한 생각으로 채워져 갔다.

관우는 터질 듯한 가슴을 가까스로 진정시키며 황벽을 향해 재차 물었다.

"당가의 전대 가주께 영애(令愛)가 한 명 있습니다. 혹시 그녀의 무사 여부를 알고 계십니까?"

"당 소저는 무사하네."

대답은 황벽이 아닌 그의 뒤쪽에서 들려왔다.

관우는 음성의 주인공이 조치성임을 확인하고 그와 처음으로 시선을 마주했다.

"오랜만이네."

조치성이 먼저 인사를 건네자 관우 역시 그를 향해 입을 열었다.

"인사가 늦었군."

조치성은 가볍게 웃어 보였다.

"늦었어도 인사를 나누었다는 게 중요한 것 아니겠나? 아무튼 당 소저의 안위는 걱정하지 않아도 될 거야. 광독인이 비록 이성이 상실되었다곤 하나 자신의 딸인 그녀만은 결코 해하지 않는다더군. 당 소저로부터 직접 들은 이야기라네."

순간 관우의 눈빛이 일렁였다.

"그녀를 만난 것인가?"

"광독인들이 당가에 모인 자들과 싸움을 벌인 덕에 운이 좋게도 그녀를 만날 수 있었네. 본래는 그녀를 통해 자네를 찾기 위한 단서를 얻으려 한 것인데, 그녀에게서 뜻밖의 말을 듣게 되었지."

관우는 조치성이 말한 뜻밖의 말이란 게 무엇인지 짐작할 수 있었다.

"어찌 되었나? 구하려 한 뇌음사의 무공은 얻은 것인가?"

"얻지 못하였네."

"그랬군. 그리고……."

뭔가를 말하려고 하던 조치성은 황벽의 얼굴을 슬쩍 쳐다봤다. 황벽이 묵묵히 고개를 끄덕이자 역시 그를 향해 고개를 숙여 보인 조치성은 다시금 관우를 향해 말을 이었다.

"혹시라도 자네를 찾게 되면 전해 달라며 당 소저가 내게 맡긴 것이 있네."

그러면서 그는 품속에서 단단히 봉해진 서신 하나를 꺼내 관우에게 건넸다.

그것을 받아 든 관우는 먼저 서신의 겉봉을 살폈다.

곧은 필치로 쓰인 글자를 본 관우의 두 눈에 이채가 떠올랐다.

군무단주 친전.

서신은 당하연이 쓴 것이 아니었다. 이것은 위탕복이 자신에게 남긴 서신이었다.

그렇다면 위탕복이 그녀에게 이 서신을 맡겼다는 말이 되는데…….

'살아 있는 것인가?'

관우는 기대를 갖고 서신의 겉봉을 뜯었다.

그리고 가슴을 쓸어내릴 수 있었다.

기대대로였다.

위탕복과 소광륵, 모용란과 포랍은 살아 있었다.

서신에는 자신이 위탕복에게 지시한 대로 초당 뒤편의 석실에 머물 것이라는 내용이 씌어 있었다.

또한 만유반야대선공을 천축에서 자신과 함께 있던 유건이 발견하여 가져왔다는 의외의 희소식까지 적혀 있었다.

서신을 읽어 내려가던 관우의 눈이 말미에 가서 멈추었다.

…독수리가 시야에서 사라져 버렸습니다. 제 눈은 독수리에게 정해진 길만 볼 수 있는데, 그렇다면 독수리가 본래 가던 길을 따라 날지 않고 있다는 뜻이겠지요. 독수리가 길을 잃고 다른 하늘을 배회하고 있음입니다. 변수란 것이 없을 수는 없으나, 그럼에도 불구하고 독수리는 자신이 왜 독수리인지 잊지 말아야 할 것입니다.

위탕복은 관우의 사정을 대강 짐작하고 있었다. 다만 그 사정을 구체적으로 모를 뿐이다. 그마저도 몽예력을 가진 그이기에 가능한 일이었다.

'왜 독수리인지를 잊지 말아라…….'

관우는 위탕복이 쓴 마지막 글귀를 속으로 되뇌었다.

무슨 일에도 불구하고 자신의 운명에 순응해야 한다는 뜻이리라.

위탕복의 말이 옳을 수 있다. 그러나 마음에 와 닿지가 않는다.

관우는 서신을 접었다. 그리고 조치성을 향해 물었다.

"당가는 지금 어떤 상황인가?"

"좋지 않아. 벌써 저들 수십이 광독인들에게 당했네. 저들은 당가를 포위한 상태이지만 아직까지 광독인들을 제압하지 못하고 있네."

조치성의 이야기를 듣고 있으면서도 관우는 선뜻 믿기지가 않았다. 어떻게 이런 일이 가능할까?

벌써 수십이나 광독인들의 손에 죽었다는 건 저들의 술법이 온전한 힘을 발휘하지 못하고 있다는 반증이었다.

"광독인들은 몇 명이나 되나?"

"마지막으로 확인한 수가 스물이었네. 그중 일곱이 저들의 손에 소멸되었네. 하지만 계속해서 만들어내고 있는 듯하니, 아마도 우리가 떠나온 동안 그 수가 더 늘었을 수도 있겠지."

"음."

이성이 상실된 독인…….

직접 본 적은 없지만, 왠지 그들의 이야기가 낯설지가 않다.

광독인들은 그들이 하는 일이 무슨 의미가 있는지 혹시 알고나 있을까?

그들은 과연 스스로 광독인이 되기로 자처한 자들일까?

광독인들을 통해 자신의 처지를 다시 한 번 떠올린 관우의 마음은 급격히 가라앉았다.

"하면 나를 찾아온 것은 그와 관련해서인가?"

"그에 관하여는 내가 이야기를 하마."

관우가 본론을 꺼내고 나오자 잠자코 있던 황벽이 나섰다.

"너도 알다시피 본 문은 네 생각에 반대하고 너를 떠났다. 본 문은 나름대로 저들을 상대할 준비를 했고, 이제 전면으로 나서기 위해 행동을 개시하려 하는 상황이다. 하나 나와 이 아이들은 처음부터 네 생각을 존중했지. 너만이 저들을 제압할 수 있다고 믿었기 때문이다."

"그렇다면 저를 찾아오신 까닭이……?"

"본 문의 힘으로는 저들을 상대할 수 없다. 본 문이 나서면 불필요한 희생만 더할 것이다. 때문에 나와 치성은 본 문이 나서는 것을 어떻게든 막아볼 생각이다. 그러자면 우선 네가 풍령의 힘을 온전히 취하였는지 확인할 필요가 있었다. 하여 묻겠다. 너는 풍령의 힘을 온전히 쓸 수 있게 되었느냐?"

관우는 즉각 대답하지 않았다.

황벽의 말뜻은 알아들었다. 그러나…….

"어르신께 그것을 반드시 말씀드려야 할 이유가 제겐 없는 것 같습니다."

"……!"

황벽은 관우의 대답이 뜻밖인 듯 살짝 미간을 좁혔다.

"그게 무슨 뜻이냐?"

"그에 대한 답이 무엇이든 어르신과 제게 아무런 의미가 없을 거란 뜻입니다."

"본 문과는 전혀 상대할 마음이 없다는 것이냐?"

"어차피 각자가 갈 길이 다릅니다. 천문은 천문이 옳다 여기는 길을 가면 될 것입니다."

관우는 황벽의 용건에 대하여 거부 의사를 명백히 밝혔다.

"으음……."

황벽은 깊게 침음했다. 확실히 관우는 변했다.

"네 심경에 큰 변화가 있었던 것이냐?"

"……."

"무엇이냐, 네 마음을 뒤흔든 것이? 그것도 말해줄 수 없겠느냐?"

"죄송합니다, 어르신. 지금으로선 더는 어르신께 말씀드릴 것이 없습니다."

관우는 황벽과의 사이에 벽을 놓았다. 그 벽은 두 사람의 주위를 더없이 무겁게 만들었다.

"좋다, 그렇다면 마지막으로 묻겠다. 너는 광령문의 소문주를 어찌할 생각이냐?"

"그 역시 제가 알아서 처리할 것입니다."

"그 말은 그가 이미 네 수중에 있다는 뜻이냐?"

"……."

관우는 대답하지 않았다. 더 이상 말을 섞지 않겠다는 침묵이었다.

황벽은 관우의 의중을 캐는 것이 불가능함을 알았다.

체념한 그는 굳은 표정으로 입을 열었다.

"네 마음이 이토록 닫힌 까닭을 알 수 없구나. 으음… 네가 끝내 우리를 거부한다면 도리가 없겠지. 하나 이미 말한 대로 상황이 급박하게 돌아가고 있다. 이대로라면 한 달 안에 본문 역시 전면적으로 개입을 하게 될 것이다. 많은 피가 흘려질 것이고, 세상은 더욱 어지럽게 될 것이 자명한 일. 유일한 해결책은 네가 풍령의 이름으로 속히 나서는 것이다. 기다리마."

그는 그 말을 끝으로 신형을 돌렸다.

조치성 등도 관우를 힐끗거리며 몇 번을 우물거리다가 황벽을 따라 그곳을 떠났다.

그들이 떠난 뒤 산등성이에 홀로 남은 관우의 마음은 복잡했다. 그들에 대한 미안함이 왜 없을까?

천문이 싫은 것이 아니다. 다만 지금으로선 아무런 말을 해줄 수가 없을 뿐이었다.

잠시 후, 한 인영이 관우의 곁에 내려섰다. 진무영이었다.

그녀는 한눈에 관우의 심경을 헤아릴 수 있었다.

"우리도 그만 움직여야 하지 않을까? 저 아래 있는 자들이 깨어나면 귀찮아질 테니까."

그녀의 재촉에도 관우는 한동안 움직이지 않았다. 진무영도 더 이상은 입을 열지 않았다.

이윽고 어둔 하늘을 올려다보던 관우의 입이 열렸다.

"따라올 수 있겠지?"

진무영은 옅은 미소와 함께 대답했다.

"뭐, 조금만 배려해 준다면."

그녀의 미소를 잠시 응시한 관우는 곧 허공으로 몸을 날렸다.

한 쌍이 된 바람과 빛은 순식간에 준봉 너머로 사라져 버렸다.

第四十二章
원천분루(怨天忿淚)

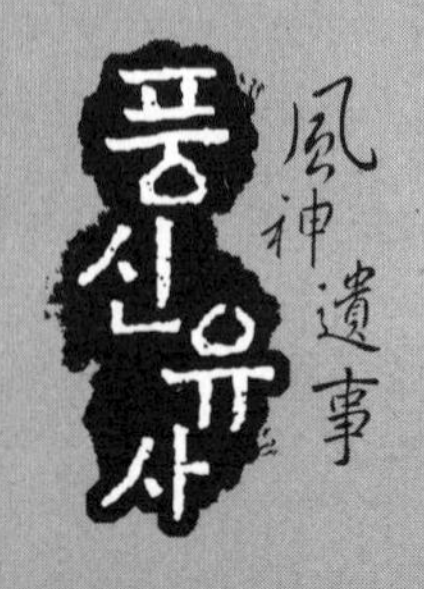
풍신유사
風神遺事

"무영이 운남에 있다고?"

"예, 어제 그 아이와 함께 들어섰습니다."

"풍령문의 전인이라는 그 아이 말인가?"

"그렇습니다."

태산의 어천성.

이제는 하나의 단체가 아닌 광령문의 중원 근거지라 불리는 바로 그곳을 내려다보며 두 인물이 이야기를 나누고 있었다.

그중 일인은 장청원이었으며, 나머지 일인은 처음 보는 자였다.

그는 장청원보다 대여섯 위의 연배로 보였다.

적지 않은 나이임에도 헌앙한 기개와 관옥 같은 얼굴을 소유했으며, 은은한 은빛이 도는 포삼이 그의 전신에 서린 기품을 돋보이게 해주었다.

진신극(陳辰極).

그가 진무영의 아버지이자, 광령문의 주인이었다.

진신극은 발아래 태산의 풍광에 시선을 두며 입을 열었다.

"아우."

"말씀하시지요."

"어찌 생각하는가?"

"그 아이 말씀입니까?"

진신극은 고개를 저었다.

"무영 말일세."

"……."

장청원이 침묵하자 진신극은 씁쓸한 표정이 되었다.

"역시 그런 것이었군."

"제 불찰입니다."

"그게 어찌 아우 잘못인가? 무영이 여아임을 잊은 아비 탓이지."

"어쨌든 일이 복잡하게 되었습니다."

"음, 그렇군. 하나 달리 생각하면 의외로 간단할 수도 있지."

"……?"

장청원이 의문을 띠고 진신극을 쳐다봤으나 진신극은 다른 것을 물었다.

"수문과 지문의 움직임은 어떤가?"

"차분합니다. 지문은 이해가 되지만, 수문이 잠잠한 것은 의외입니다."

"우리가 변하였으니 그들도 변했겠지. 아마도 우리의 눈치를 보며 섣불리 움직이려 들지 않을 거야."

장청원은 고개를 끄덕이며 동의를 표했다.

"두 문주는 주공께서 회합을 열기를 기다릴 가능성이 큽니다."

"언제쯤이 좋겠나?"

"먼저 소주 문제를 해결하신 후에 여는 게 좋지 않겠습니까?"

"으음, 그 아이를 아우도 보았다지? 어떤 아이인가?"

"한마디로 평가하기가 어려운 아이입니다."

"아우의 안목으로도 파악을 못했단 말이군."

진신극은 놀라운 듯 말했다.

"아우가 그랬다면 무영 역시 그러했을 터, 끌리지 않을 수 없었겠지."

고개를 주억거린 그는 혼잣말처럼 중얼거렸다.

"본 문의 사람이 풍령문의 전인을 마음에 품었다? 이런 일이 다 일어나다니! 하늘의 장난치곤 재미있지 않은가? 허허……."

진신극은 뜻 모를 웃음을 흘렸다. 이에 장청원은 절로 긴장했다. 진신극이 뭔가 결정을 내릴 때가 되었음을 알았기 때문이다.

"아우, 무영의 행로는 어디인가?"

"사실 그것이 의문입니다. 보고에 의하면 분명 대리를 향하고 있습니다."

"대리? 거긴 아우의 집이 있는 곳이 아닌가?"

"그렇습니다."

"흐음, 대리라……."

잠시간의 침묵 후 장청원이 진신극을 향해 고개를 숙이며 말했다.

"제가 대리를 다녀오겠습니다."

"같이 가도록 하지."

장청원은 즉각 고개를 들며 물었다.

"직접 가시겠습니까?"

"눈으로 확인하고 싶군, 무영의 마음을 흔든 아이가 누구인지."

"음, 귀찮은 일이 생길 수도 있습니다."

"그러니 더욱 가봐야 할 듯해. 일단 둘의 안위를 지켜줘야 하지 않겠나?"

"……."

장청원은 그의 심중을 파악할 수 없었다.

사라졌을 거라 여긴 풍령문의 전인이 나타났다. 또한 그가 지금 진무영과 함께 있다. 그리고 진무영이 그를 마음에 품고 있다.

이러한 상황임에도 진신극이 보이는 반응은 장청원의 예상과는 조금 달랐다.

진신극은 그런 그의 내심을 알았는지 옅은 미소를 지으며 말했다.

"차차 말해주도록 하겠네. 아직은 나 역시 확신이 서질 않아서 말이야."

이에 장청원은 재차 고개를 숙이며 말했다.

"하면 그렇게 준비하겠습니다. 그리고 광독인의 처리는 율사(燏士)들에게 맡기심이 좋을 듯합니다."

"태광원의 원사들도 벅찰 정도라면 그래야겠지. 서목, 그 아이를 데리고 왔으니 곧 보내도록 하게. 대리는 지금 바로 출발할 텐가?"

"지체할 까닭이 없는 듯합니다."

"그럼 그러지."

구름 사이로 새어 나온 빛이 태산 자락을 비추었다.

잠시 후 그곳에서 두 사람의 모습은 더 이상 볼 수 없었다.

*　　*　　*

쏴아아아.

하늘에 구멍이라도 난 것 같다.

우기가 시작된 운남은 굵은 빗줄기가 점령해 버렸다.

"굳이 이곳을 통과할 필요는 없지 않을까? 왠지 기분이 좋지 않은걸?"

진무영은 앞서 가는 관우를 향해 말했다.

두 사람은 집채만 한 둘레의 거목들이 하늘을 찌를 듯 솟은 습지를 통과하고 있었다.

독물과 독충들이 득실대는 곳.

온몸이 질퍽대는 느낌은 초인지경에 다다른 두 사람에게도 그다지 좋지만은 않았다.

그녀의 말이 끝나고 얼마 지나지 않아 돌연 관우가 속도를 서서히 줄이기 시작했다.

관우가 마침내 땅에 내려서자 뒤따라 내린 진무영이 의아한 시선으로 물었다.

"무슨 일이야?"

관우는 천천히 주위를 살피며 입을 열었다.

"이미 다른 곳으로 돌아가기엔 늦은 듯하군."

"……?"

진무영은 관우의 말뜻을 알아듣고 고개를 끄덕였다.

"뭔가가 잡힌 거로군."

그녀는 관우의 감지 능력이 자신보다 뛰어나다는 것을 이미 지금까지의 경험으로 알고 있었다. 이곳까지 오는 데에도 관우의 그러한 능력 덕분에 불필요한 싸움을 피할 수 있었다.

그들이 향하는 곳곳에 수령문과 지령문의 인물들이 도사리고 있었다.

관우는 진무영이 감지하지 못하는 그들의 접근을 미리 파악하고 그들이 없는 행로를 따라 이동을 거듭해 왔던 것이다.

그런 관우가 이미 늦었다고 말했다.

'물과 땅… 확실히 안 좋아.'

진무영은 의외로 사안이 심각할 수도 있다는 생각이 들었다.

사방이 수령문과 지령문도들에게 유리한 환경으로 둘러싸여 있다.

빗물과 습기는 수령문도들에게, 가득 펼쳐진 흙과 빽빽한 수목은 지령문도들에게 환영받을 만한 것들이었다.

'하지만…….'

이상했다.

관우가 멈춰 설 정도라면 보통 인물들이 아니라는 얘기다. 그런데 아직까지도 기척을 감지할 수가 없었다.

그녀는 의문을 참지 못하고 관우에게 물었다.

"얼마나 떨어져 있는 거지?"

"가까이에 있다."

"……!"

관우의 말이 그녀는 믿기지 않았다. 하지만 관우의 표정은 더할 나위 없이 진지했다. 정신을 집중하고 있는 듯하였다.

"그런데 왜 손을 쓰지 않는 거야?"

"이미 쓰고 있어."

"뭐라고? 도대체 무슨……?"

진무영은 황급히 주위를 살폈다.

그때였다.

"음……?"

저 멀리 쏟아지는 빗줄기 사이로 희뿌연 안개와 같은 것이 보였다. 거리는 오십여 장.

그것은 서서히 상하좌우로 퍼져 나가더니 결국 거대한 벽을 만들기에 이르렀다.

사아아아……!

그제야 진무영은 사태를 파악할 수 있었다.

"결계로군!"

그녀의 눈이 가늘어지며 표정이 심각하게 굳어졌다.

관우가 멈춰 선 이유가 바로 저것 때문이었다.

결계!

광령문 등 세 문파는 각자가 가진 기운을 이용한 결계를 가지고 있었다.

하지만 결계에 대한 것은 존재 여부만 알고 있을 뿐, 정확히 그것이 어떠한 것이며 얼마만한 위력을 지니고 있는지는 철저히 숨겼다.

술법과 동일하게 결계는 수천 년간 연구되어 왔으며 그 위력 또한 강해져 왔다.

그러나 그 진정한 위력이 어떠한지는 서로 알 수가 없다, 그것을 펼치기 전까지는.

그래서였다, 진무영이 결계를 감지하지 못한 까닭은.

"이번에는 정말 조심해야 할 거야."

그녀는 그 어느 때보다 진지하게 말했다. 그녀가 이렇게까지 긴장하는 데엔 이유가 있었다.

"이미 알고 있는지 모르겠지만, 결계는 아무나 펼칠 수 있는 것이 아니야. 본 문에서도 결계는 단 한 사람만이 펼칠 수가 있지."

"……?"

관우의 시선이 처음으로 진무영을 향했다.

그녀는 관우의 눈을 직시하며 말했다.

"바로 내 아버지."

"……!"

순간 관우의 눈이 살짝 가늘어졌다.

"문주들만 펼칠 수 있다는 얘긴가?"

"모르긴 해도 적어도 석로(碩老) 급 이상이어야 할 거야."

석로는 세 문파의 연로한 자들을 지칭하는 말이었다.

관우는 그녀에게서 시선을 떼고 다시 주위를 돌아봤다. 조금 전과 달리 관우의 표정은 약간 굳어 있었다.

수령문과 지령문의 석로 급 이상의 인물이 왔다는 사실 때문이 아니었다.

그런 것은 중요치 않았다. 누가 와도 상관은 없었다.

다만 한 가지.

그들과 부딪쳐야 한다는 사실이 내키지 않을 뿐이다.

기실 지금까지 저들을 피해 이동을 한 것도 바로 그 때문이었다.

그런데 지금은 그럴 수 없었다.

조금 전 관우는 보이지 않는 결계를 향해 풍기를 쏘아냈었다.

하지만 결계와 부딪친 풍기는 아무런 힘도 쓰지 못하고 결계에 막혀 서서히 소멸되었다.

방금 일어난 희뿌연 것들은 풍기가 결계와 충돌을 일으켜 생겨난 것이었다.

이는 결국 저들과 부딪칠 수밖에 없다는 뜻이었다.

빠직! 꽈릉……!

뇌성벽력이 천지를 진동시켰다.

관우는 문득 허공으로 시선을 들었다. 당장에라도 내려앉을 듯한 진회색의 하늘이 거기 있었다.

그 하늘이 가슴속을 무겁게 짓눌렀다.

'끝내 이 길마저도 방해하려는 것인가!'

짓눌린 가슴속에서 뜨거운 열기가 피어올랐다.

기억을 되찾은 후 깊은 번뇌 속에서 가장 머릿속을 떠나지 않은 것은 두 사람의 얼굴이었다.

아버지, 그리고 어머니…….

먼저 그들을 만나야겠다는 생각이 들었다. 아니, 만나진 못하더라도 얼굴이라도 보아야겠다는 생각이었다.

그러면 앞으로 자신이 어찌해야 할 것인지, 그 답을 얻을 수 있지 않을까 해서였다.

그래서 무작정 대리로 방향을 정했다.

하지만 하늘은 자신의 그러한 발걸음마저 막으려 한다.

기어이 발목을 붙잡고 하고 싶지 않은 일을 시키려 한다.

"움직이기 시작했어."

곁에서 진무영의 나직한 음성이 들려왔다.

시선을 전방에 고정시켰다.

움직이는 것은 결계였다.

점점 안으로 좁혀 들어온 결계는 어느새 삼십여 장 앞까지 이르러 있었다.

그것을 본 관우는 즉각 풍기를 개방했다.

사방으로 뻗어나간 풍기가 결계에 부딪쳤다.

"소용없는 짓이다."

"……?!"

어딘가에서 창노한 음성이 들려왔다.

음성의 주인공은 결계 밖에 있었다. 백발이 성성하지만 여전히 장대한 체구를 뽐내는 노인이었다.

"역시 수문이었군."

노인의 정체를 확인한 진무영이 어두운 표정으로 중얼거렸다.

"율마(律磨). 수문의 제일석로야. 막율이 죽어 아무나 보내지는 않을 거라고 예상은 했지만 저자가 직접 올 줄은 몰랐군."

수령문의 제일석로.

그 자리는 그냥 주어지는 게 아니었다.

세 문파 중 어느 곳을 막론하고 다음 대의 문주가 선출되면 전대의 문도들은 반드시 한 가지 의식을 거쳐야만 했다.

그 의식은 바로 그 당시 석로의 자리를 차지하고 있는 자들과의 생사결이었다. 거기에서 석로들을 꺾으면 새로운 석로가 되는 것이고, 지면 그대로 생을 마감해야 한다. 그들로서는 힘의 계속적인 발전을 위해 이와 같은 치열한 방법이 필요했다.

아무튼 이렇게 해서 뽑힌 석로들 중에서 가장 오랫동안 석로의 자리를 지킨 자가 제일석로가 되는 것이었다.

제일석로는 각 문파 내에서 가장 연장자일뿐더러, 기운의 이치를 가장 깊게 깨우친 자다. 특별히 내정되는 당대 문주를 제외한다면 각 문파 내에서 그들을 따를 수 있는 자는 없었다.

이 같은 사실 때문에 율마를 본 진무영의 표정이 급격히 어두워질 수밖에 없었던 것이다.

그녀의 설명에 관우는 새삼 율마를 응시했다. 그 순간 율마가 재차 관우를 향해 입을 열었다.

"풍기 따위로 본 문의 환형무벽(幻形霧壁)을 깨뜨릴 수는 없다. 수년 전 겁없이 찾아왔던 풍령문주도 환형무벽에 막혀 힘 한 번 제대로 써보지 못하고 당했던 것을 넌 모른단 말이냐?"

"……!"

관우는 두 눈을 부릅떴다. 사부 환무길과 직접 부딪친 자가 눈앞에 나타난 것이다.

"기색을 보아하니 모르고 있었나 보구나. 그가 네 사부였더냐?"

"그렇소."

"흐음, 후인을 거두고도 자신이 직접 나서다니, 풍령문이 종국에는 스스로 망조를 띠게 되는구나. 쯧쯧……."

율마는 혀를 차며 노골적으로 풍령문을 비하했다.

관우는 속에서부터 분노가 치미는 것을 느꼈다. 풍령문을 비하해서가 아니었다. 그것은 참을 수 있다. 그러나 사부 환무길을 모욕하는 것은 참기 어려웠다.

"함부로 그분을 입에 담지 마라."

"……?"

율마의 눈썹이 활처럼 휘었다.

관우의 기세가 삽시간에 바뀐 탓이다.

결계와 풍기가 맞부딪친 곳이 크게 요동했다.

우웅! 우웅!

공간이 멋대로 흔들리며 거세게 휘둘렸다.

결계 안으로 내리는 빗줄기가 갈피를 잡지 못하고 좌우로 튕겨져 나갔다.

그러나 율마는 이내 여유로운 표정으로 말했다.

"으음, 아직 전력을 다하지 않았더냐? 하나 여전히 네 사부보다도 떨어지는 실력이구나. 어디 얼마나 더 버틸 수 있는지 한번 지켜보기로 할까?"

그의 말이 떨어지기가 무섭게 결계는 다시금 공간을 조여왔다.

요동치던 모든 것이 밀려나며 사그라졌다.

이를 본 진무영이 율마를 향해 외쳤다.

"수문의 제일석로는 좀 더 신중하게 손을 쓰는 것이 좋지 않겠소?"

그녀의 말에 율마는 가볍게 미소 지었다.

"내가 왜 그래야 하느냐?"

"나를 무시하는 것은 곧 본 문을 무시하는 것임을 모르오?"

"흐흐, 무슨 말을 하는 것인지 모르겠구나. 나는 지금 우리 모두의 공적인 풍령문의 전인을 해치우려는 것이다. 한데 이것이 너와 광령문을 무시하는 것이란 말이냐? 그럼 너는 저 아이와 한패냐? 한패라면 거기 서서 함께 죽을 것이요, 아니라면 지금 즉시 저 아이를 죽여라."

율마는 무섭게 그녀를 쏘아봤다.

진무영은 그런 율마의 눈을 직시하며 물었다.

"그것이 수문 전체의 뜻이오?"

"내가 직접 이곳까지 온 것을 보고도 그런 질문을 한단 말이냐? 광문의 소문주가 뛰어나다 하더니, 다 거짓이었구나. 하기야 총명하다면 수천 년간 앞길을 막아온 풍령문의 전인을 살려둔 채 함께 다니는 짓을 하지는 않겠지."

"으음."

진무영은 침음했다.

율마의 말은 과하다 싶을 정도로 거침이 없었다.

제일석로의 위치에 있는 자가 자신에게 이런 태도를 보인다는 것은 이미 수령문의 방침이 섰음을 의미했다.

광령문과 완전히 척을 지겠다는 것.

율마는 처음부터 관우는 물론이고, 광령문의 소문주인 자신마저 해치울 생각으로 이곳에 온 것이다.

'예상은 했지만…….'

조금 급작스럽다.

자신이 관우와 호의적으로 동행하고 있다는 것이 알려지면 수령문과 지령문이 좌시하지 않을 것임은 이미 예상한 바였다.

하지만 얼마간의 시간은 주어질 줄로 생각했다. 본격적으로 광령문과 척을 지는 것은 저들로서도 신중을 거듭해야 할 일이기 때문이다.

그러나 예상은 빗나갔다.

이제는 정말 율마의 말대로 양단 간의 결정을 내려야만 할 때였다.

그녀는 시선을 돌려 관우를 바라봤다.

관우는 율마에게 시선을 고정시킨 채 미동조차 없었다.

거대한 결계가 사방에서 조여오고 있는 상황에서 담담하기 그지없는 모습이었다.

하지만 관우의 내심은 그와 달리 갈등하고 있음을 진무영은 알 수 있었다.

갈등은 곧 끝날 테고, 결국 선택은 하나뿐일 것이다.

싸워야 한다.

할 수 있는 것은 그것뿐이다.

그리고 그녀의 선택 역시 같았다.

'일단 율마를 막는다!'

그다음은 그때 가서 생각한다. 그것이 여기까지 관우를 따라온 것에 걸맞은 행동이었다.

결심한 진무영은 즉각 기운을 끌어모으려 했다.

하지만 순간 그녀는 이상함을 느꼈다.

원하는 대로 광기가 움직여지지 않는다.

모이는 크기가 평소의 절반도 되지 않았다.

'설마……?'

눈을 들어 율마를 다시 쳐다봤다.

율마는 조소를 머금으며 그녀에게 말했다.

"이제야 알았느냐? 환형무벽 안에서는 기운의 유통이 뜻대로 이루어지지 않는다. 충만한 수기가 다른 기운이 결계 안으로 들어서는 것을 막기 때문이다."

"으음!"

역시 그랬다.

이제야 진무영은 관우가 제대로 힘을 쓰지 못한 까닭을 알 수 있었다.

당황한 그녀의 귀에 율마의 음성이 계속해서 들려왔다.

"어째서 네가 저 아이를 도우려는지 이해할 순 없지만, 네가 결국 풍령문의 전인을 돕고자 했으니 넌 내 손에 죽어 마땅하다. 하늘의 뜻으로 알고 순순히 죽음을 맞아라."

그의 말이 끝남과 동시에 온몸을 조여오던 결계가 멈추었다. 하지만 그 세기는 더욱 강력해진 것 같았다.

반경 십 장.

거대한 벽에 둘러싸인 형국이 된 두 사람은 갑작스런 변화에 잔뜩 긴장했다.

꽝! 쿠르릉……!

뇌성이 재차 울리고 하늘로부터 앞이 보이지 않을 정도로 굵은 빗줄기가 퍼붓기 시작했다.

그리고 그 순간 관우와 진무영은 볼 수 있었다, 결계가 멈춰선 곳에서 서서히 드러나는 사람의 형상들을.

나타난 수령문의 낭도들은 모두 삼십 명이 넘었다.

그들은 하나같이 양손에서 뜨거운 열기를 피워 올리고 있었다.

내리는 빗물이 그들의 손에 닿자마자 하얗게 증발되어 버리는 모습은 가히 공포스러운 지경이었다.

그 모습을 보며 진무영이 무겁게 입을 열었다.

"지금 상태로는 하나를 막기도 버거워. 만약 달리 방법이 없다면……."

하지만 그녀는 그 순간 들려온 관우의 음성에 말을 잇지 못했다.

"내가 하는 말을 잘 들어."

"……!"

진무영은 눈에 힘을 주고 관우를 응시했다.

"결계 중 한곳을 뚫을 거다. 결계가 뚫리면 넌 망설이지 말고 그곳으로 몸을 빼내."

"뭐? 지금 나더러 혼자……."

"끝까지 들어. 몸을 빼낸 뒤에도 내가 멈추지 않으면 그 즉시 이곳을 떠나라. 살고 싶다면."

"……."

진무영은 관우가 하는 말이 무슨 뜻인지 이해했다. 이성이 마비된 상태가 되면 적아를 구분하지 못한다는 의미이리라.

그녀는 물었다.

"그렇게 되면 넌 어떻게 되는 거지?"

"내가 어찌 될지는 나 역시 알 수 없다."

"네가 가진 힘… 제어할 수 없는 건가?"

관우는 대답하지 않았다. 아니, 대답할 수 없었다.

그 순간 낭도들이 일제히 움직였기 때문이다.

빗줄기를 가르며 달려드는 그들을 보며 관우는 진무영을 향해 재차 외쳤다.

"내 말을 명심해라!"

파아……!

좁은 공간 안에서 순간적으로 굉렬한 파열음이 터져 나왔다.

그와 동시에 관우의 몸은 광풍에 휩싸였다.

관우는 억누르고 있던 풍령을 개방했다. 터준 길은 아주 좁았다.

그러함에도 불구하고 틈을 만난 풍령은 노도와 같이 거세게 뿜어져 나왔다.

'역시 아직 무리다!'

관우는 불안했다. 우려대로 풍령은 자신의 통제를 벗어나려 발악했다.

간신히 한곳에 가둬둔 풍령이었다.

전에 막율을 상대하며 만났던 긴박한 순간에 번쩍이며 떠오른 것이 하나 있었다.

초의분심공.

그것은 그야말로 캄캄한 어둠 속에서 발견한 한줄기 빛이었다.

초의분심공이 아니었다면 여전히 자신은 백치 상태로 지내며 풍령의 지배를 받고 있을 터였다.

하지만 완전하진 않았다.

마음의 한곳을 나눠 거기에 풍령을 붙이고 그 마음 자체를 폐쇄시켜 버렸지만, 끝없이 발버둥치는 풍령의 힘에 초의분심공이 무너지려 한 것이 한두 번이 아니었다. 완벽하지 못한 초의분심공 탓이었다.

그런데 지금 그 틈이 생기니 풍령은 완전히 빠져나오려고 관우와 힘겨루기를 시작한 것이었다.

휘잉! 휘이잉……!

쉬쉬쉬쉿!

급작스런 광풍의 출현에 달려들던 낭도들이 주춤거렸다. 결계를 조종하던 율마 또한 크게 놀란 듯 두 눈을 부릅뜬 채서 있었다.

'여기까지만……!'

관우는 터놓았던 길을 재빨리 닫았다. 더 이상은 위험했다. 그랬다간 또다시 풍령이 자신을 지배하게 될 것이다.

쿵! 쿵! 쿵!

속에서 커다란 울음이 들리는 듯했다. 다시금 갇혀 버린 풍령이 몸부림을 치고 있었다.

'크윽……!'

엄습하는 고통에 관우는 이를 악물었다. 붉게 충혈된 눈을 통해 다가오는 낭도들의 모습이 보였다.

우습게도 관우는 동시에 두 가지의 싸움을 펼쳐 나가야 했다.

빠직!

벼락이 쳤다.

그것이 신호라도 되는 양 광풍이 다가오는 낭도들을 덮쳤다.

"크악!"

마치 먹잇감을 노리는 맹수와도 같이 낭도 둘을 삼킨 광풍은 그대로 전방의 결계를 향해 돌진했다.

이를 본 낭도들 모두가 광풍의 앞을 막아섰다. 그들은 조금의 망설임도 없이 광풍 속으로 뛰어들었다.

거침없는 그들의 공격에 광풍은 돌진을 늦췄다.

진 안에 충만한 수기가 낭도들의 힘을 배가시키고 있었다.

낭도들은 광풍에 의해 튕겨져 나가면서도 악착같이 달려들기를 반복했다.

그럴 때마다 광풍은 성난 들소와 같이 날뛰며 전진을 거듭했다.

꽈르르릉!

마침내 광풍이 결계에 부딪쳤다.

무시무시한 굉음과 진동이 지축을 뒤흔들었다.

"이럴 수가!"

율마의 입에서 탄성이 터져 나왔다.

결계가 타격을 받아 약해지고 있었다. 있을 수 없는 일이었다.

'비록 전력을 다해 결계를 펼친 것은 아니라고 하나…….'

환형무벽 안에서는 절대로 풍기가 저와 같이 힘을 쓸 수 없다.

수천 년의 세월 동안 발전시켜온 결계였다. 그것이 자신의 때에 결실을 맺었다. 환형무벽은 완벽하다!

'저건 풍기가 아니다!'

율마는 확신했다. 정확히는 모르지만 풍기가 아니란 것은 확실했다. 바로 저것에 막율이 당했을 것이다.

'그럼에도 너는 죽는다!'

율마의 눈이 푸르게 변했다. 풍령문의 전인은 결코 환형무벽을 벗어날 수 없어야 한다.

그의 손이 허공을 한차례 쓸었다. 그러자 광풍에 약해지는 듯하던 결계가 다시금 강화되었다.

뿐만 아니라 아직 살아남은 십여 명의 낭도들이 더욱 광포한 기세로 광풍을 향해 달려들기 시작했다.

결계에서 튕겨져 나간 광풍은 더해진 낭도들의 힘에 조금씩 위축되었다. 비산하는 빛줄기가 소멸되듯, 낭도들의 공격을 받은 광풍의 끝자락이 서서히 소멸되어 갔다.

'크으……!'

관우는 곤혹스러웠다. 이대로는 결계를 뚫는 것이 불가능했다. 오히려 거세진 낭도들의 공격에 당할 판이었다.

환형무벽은 생각보다 강력했다. 조금 약해지는 듯하더니 이내 절대 뚫을 수 없는 철벽이 되어버렸다.

순간적으로 절망이 엄습했다.

쿵! 쿵! 쿵! 쿵!

몸속에서는 위기를 느낀 풍령이 거칠게 발악을 해댔다.

문을 열라고.

나를 어서 나가게 하여 눈앞의 것들을 모조리 날려 버리라고!

관우는 최후의 선택을 해야만 했다.

하지만 쉽게 결정을 내릴 수 없었다.

이번에 풍령에 사로잡히면 다신 정상으로 돌아올 수 없을지도 모른다. 초의분심공으로 풍령을 가두는 일이 불가능할지도 모른다는 말이다.

스스로의 의지를 가진 풍령이 같은 수법에 두 번 당하려 하지 않을 것이기 때문이다.

갈등이 계속되는 동안에도 낭도들의 공세는 계속되었다.

그러던 중 어느 순간 관우는 두 눈을 부릅떴다.

슉!

돌연 공간을 찢으며 낭도 하나가 광풍 안으로 뛰어들어 왔다.

관우를 발견한 낭도는 조금의 망설임도 없이 관우를 향해 능수기를 쏘아냈다.

스스스스……!

뜨거운 열기에 닿은 빗줄기가 새하얀 증기로 화했다.

놀란 관우는 땅을 박차고 공세를 피했다.

그때였다.

"헙!"

관우의 등 뒤로 또 다른 낭도가 뛰어들어 왔다. 관우는 황급히 검을 꺼내 낭도의 머리를 쪼갰다.

그러나 그것은 시작에 불과했다.

광풍 안으로 낭도들이 속속 침투하고 있었다.

이제 더 이상 광풍은 낭도들에게 위협이 되지 않았다.

낭도들의 힘은 더욱더 강해지고 있었다.

스스스! 스스슥……!

광풍 안은 어느새 낭도들이 내뿜는 증기로 가득 차버렸다.

낭도들은 관우에게 잠시간의 틈도 허락하지 않고 달려들었다.

관우는 무계심결과 풍기를 적절히 조화시켜 낭도들에게 맞섰다.

손을 떠난 검이 낭도의 수족을 자르고 다시금 관우의 손에 돌아왔다.

검은 날렵하게 호선을 그으며 낭도들의 접근을 차단했다.

그러던 어느 순간이었다.

콰악! 치익……!

"크악!"

관우는 비명을 내지르며 검을 바닥에 떨구었다.

낭도의 손에 붙들린 어깨가 검게 타들어가고 있었다.

기회를 잡았다 싶었는지 낭도들은 사방에서 관우를 압박해 들어갔다.

그때,

팟!

어디선가 빛이 번뜩였다.

퍽!

관우의 목을 노리던 낭도의 머리가 터져 나갔다.
갑작스런 상황에 낭도들의 시선이 빛줄기가 일어난 곳으로 쏠렸다.
그 틈을 타 관우는 떨어진 검으로 어깨를 잡고 있던 낭도의 팔을 자르고 몸통을 갈랐다.
"크윽! 헉! 허억……!"
관우는 어깨를 부여잡고 비틀거렸다.
감각없는 어깨에선 진물이 묻어 나왔다.
"괜찮은 거야?"
어느새 곁으로 날아온 진무영이 관우를 부축했다.
그러나 두 사람에겐 대화를 나눌 여유 따윈 주어지지 않았다.
관우는 진무영을 밀치며 전방을 향해 검을 떨쳤다.
서걱!
진무영을 노리던 낭도의 머리가 바닥에 떨어졌다.
"난 상관 말고 네 안위나 지켜!"
관우는 악을 썼다.
하지만 진무영은 관우에게서 떨어지지 않았다.
"이 상황이라면 어차피 죽어."
그녀는 달려드는 낭도들에게 광파를 날리면서 말했다.
"살길이 있으면 살아. 그게 정답이야."
"……!"

관우는 그녀의 음성에서 진정을 느꼈다.

자신이 지금 큰 갈등 가운데 있음을 그녀는 알고 있었다.

그녀는 풍령이 깨어난 이후부터 지금까지 자신의 모든 것을 지켜봐 왔던 것이다.

그러나 아무리 그녀라도 관우의 내심을 다 알 수는 없는 일.

관우는 간신히 몸을 가눈 채 진무영을 바라봤다. 자신의 앞에 버티고 서서 낭도들을 막아내는 그녀의 모습이 보였다.

'후후…….'

힘없는 웃음이 새어 나왔다.

정말 웃기는 장면이 아닌가?

광령문의 소문주가 풍령문의 전인인 자신을 살리기 위해 고군분투하고 있다.

희극 중에 이런 희극이 또 있을까?

하늘이 이 모든 일을 꾸몄으니 세상에 다시없을 장면이리라.

어느 순간 관우의 얼굴에 웃음이 사라졌다.

번쩍! 콰릉!

들려온 뇌성.

관우는 하늘을 우러렀다.

'더 이상은 놀아나지 않겠다!'

마침내 작정한 관우는 끝내 요동치는 풍령을 억눌렀다.

풍령에 지배되어 육신이 꼭두각시처럼 움직이는 삶은 무가치했다.

자신이 아무리 발버둥을 쳐도 하늘은 그 뜻대로만 자신을 좌지우지할 것이다.

그렇게 사는 것은 더 이상 의미가 없다.

이대로 죽어 하늘의 뜻에 대항하리라!

관우는 진무영을 향해 입을 열었다.

"이제 그만둬."

"……?"

진무영은 낭도 하나를 날려 버리며 관우에게 시선을 돌렸다.

"포기하겠다는 거야?"

"포기? 훗……."

무엇을 포기한단 말인가? 처음부터 내 것은 아무것도 없었는데…….

맥없이 웃는 관우를 보며 진무영은 입술을 깨물었다.

지금 보이는 관우의 눈빛은 자신이 알던 관우의 눈빛이 아니었다. 심연 속에 도사리고 있던 열기는 사라지고 허무만이 가득했다.

살았지만 죽은 눈이었다.

저런 눈은 더 이상 그녀의 마음을 뒤흔들 수 없을 것이었다.

'이렇게 끝나선 안 돼!'

진무영은 당장에라도 쓰러질 듯한 관우에게로 신형을 바짝 옮겼다.

한 손으로는 관우를 붙들고 다른 한 손으로는 목숨을 노리고 달려드는 낭도들을 상대했다.

"무엇이 널 이렇게 만든 것인지는 관심없어!"

그녀는 분주히 몸을 움직이면서도 관우를 향해 외쳤다.

"그냥 살아! 전처럼 백치가 되어버린다고 해도 일단 살아!"

퍽!

낭도의 머리가 그녀의 눈앞에서 터져 나갔다.

피륙을 뒤집어쓰면서도 그녀는 외치기를 멈추지 않았다.

"뭐가 두려운 거야! 죽음보다도 더 두렵나? 죽으면 두려움이 해결될 것 같아? 웃기지 마! 넌 속고 있는 거야! 죽음보다 더 두려운 것은 없어!"

진무영은 악을 썼다. 힘이 떨어지고 있었다. 결국은 자신도 관우와 같은 상태가 되고 말 것이다.

하지만 그녀의 외침은 관우에겐 공허했다. 진무영을 바라보는 관우의 두 눈에 언뜻 측은함이 떠올랐다.

"분명 말했어, 떠나지 않으면 후회할 거라고. 넌 그때 떠났어야 했다."

관우는 손을 들어 그녀의 어깨를 짚었다. 그녀의 신형이 갑자기 뒤쪽으로 크게 밀려났다.

"조금만 더 버티면 넌 살 수도 있다."

갑작스런 관우의 행동에 진무영은 두 눈을 부릅떴다.

"그게 무슨 소리……? 음?"

그녀는 곧 관우의 말뜻을 이해할 수 있었다.

기운이 느껴졌다. 매우 친숙한 기운이었다.

'아버지?'

한줄기 희망의 빛이 마음 가운데 떠올랐다.

그녀의 아버지가 당도하면 관우의 말대로 살 수 있을 터였다.

하지만 그녀의 마음은 즉각 불안해졌다.

'넌? 넌이라고?'

불안은 이미 현실로 나타나고 있었다. 그녀를 자신의 뒤로 물린 관우는 남은 힘을 다해 낭도들을 막고 있었다.

"서둘러 해치워라!"

율마의 음성이 폭우를 뚫고 들려왔다. 그도 알아차렸으리라, 누군가가 빠르게 다가오고 있음을.

그의 음성은 신호가 되었다. 이제 낭도들은 완전히 방어를 도외시하고 공격하기 시작했다.

그들에게 관우는 곧 쓰러져 죽을 상처 입은 호랑이에 불과했다.

그것을 본 진무영은 관우를 돕기 위해 몸을 날리려 했다. 그러나 그 순간 관우의 음성이 그녀의 발목을 붙잡았다.

"그대로 있어!"

관우는 낭도들의 거친 공격을 막아내면서도 조금도 뒤로 물러서지 않았다. 하지만 진무영의 눈엔 그 모습이 더없이 위태로워 보였다.

진무영은 외쳤다.

"네 말대로 조금만 더 버티면 둘 다 살 수 있어!"

그러나 관우의 뜻은 확고했다.

"더 이상 나를 괴롭게 하지 마라. 다시 내 앞에 나선다면 그 즉시 널 벨 거다."

"아……!"

진무영은 한숨인지 탄식인지 모를 장탄성을 터뜨렸다.

그녀의 발을 묶어둔 관우는 마지막 힘을 다해 낭도들을 베어 넘겼다.

광풍은 이미 사라진 지 오래였다. 서 있는 낭도들의 수도 이제 채 열 명이 안 되었다.

하지만 더 이상 남은 힘이 없었다.

죽음이 서서히 가까워져 오고 있었다.

치익!

"끄읍!"

낭도 하나가 방어를 뚫고 관우의 다리를 붙들고 늘어졌다.

관우는 쥐고 있던 검으로 낭도의 등을 내리찍었다.

더운 피가 분수가 되어 솟구쳤다.

심장이 꿰뚫린 낭도가 진창에 처박혔다.

"하아……!"

거친 숨을 토해내며 관우는 시선을 들었다. 지척에 이른 낭도 둘이 동시에 손을 뻗쳐 오고 있었다.

시간이 정지된 듯했다.

관우는 달려드는 낭도들을 가만히 바라봤다. 몸이 말을 듣지 않는다.

이제 쉬고 싶었다.

그렇게 스르르 눈을 감으려는 순간이었다.

뭔가가 나타나 시야를 가렸다.

팟!

빛이 번쩍였다. 그리고 고통에 찬 비명 소리가 들려왔다.

"아아악!"

"……!"

관우는 감으려던 두 눈을 번쩍 떴다.

진무영이 얼굴을 감싸 쥐며 온몸을 부들부들 떨고 있었다.

감싸 쥔 두 손 사이로 보이는 그녀의 얼굴은 흉측하게 일그러져 있었다.

그런 그녀를 향해 아직 살아남은 낭도들이 달려들었다.

'빌어먹을!'

치솟는 울분에 가슴이 터져 나갈 듯했다.

부릅뜬 두 눈에선 피눈물이 흘러내렸다.

파앙……!

공간이 뒤흔들렸다.

관우의 전신에서 막대한 기운이 폭발하듯 뿜어져 나왔다.

기운은 살아남은 낭도들을 흔적도 없이 날려 버리고 그대로 결계에 부딪쳐 갔다.

꽝! 쿠르릉! 콰릉……!

『풍신유사』 제5권에 계속…

무유칠덕(武有七德), 금폭(禁暴), 집병(戢兵), 보대(保大),
정공(定功), 안민(安民), 화중(和衆), 풍재(豊財), 자야(者也).
〈좌전(左傳), 선공 십이년(宣公 十二年)〉

무에는 일곱 가지 덕이 있다.
첫째, 난폭을 금지한다. 둘째, 무기를 거두어들인다. 셋째, 큰 나라를 보전한다.
넷째, 공적을 정한다. 다섯째, 백성을 편안하게 한다. 여섯째, 대중을 화합하게 한다.
일곱째, 물자를 풍부하게 한다.

섬서성(陝西省) 육반산(六盤山)에 신력(神力)을 바탕으로
패공(覇功)을 구사하는 가문(家門), 육반루가(六盤婁家).
세상에게 외면받고 멸시당하는 환희교(歡喜敎).
육반루가의 후손과 환희교 교주의 운명적인 만남.

"넌 환희교를 지키는 수문장(守門將)이 될 거야.
강하게, 아주 강하게 키워주마."
'아버지처럼 죽지 않을 거야. 아무도 날 죽일 수 없어.
세상에서 최고로 강한 사람이 될 거야.'

Book Publishing CHUNGEORAM